魔豆

魔豆

星的許願書

神使劇場

醉琉璃——著

目錄

楔子

月亮沒有露臉的黑夜，濃闃的夜色像紗布般一層層籠罩在青藤高中上方，讓這所廢棄多年的學校就像一隻盤踞在此的龐然巨獸。

校內到處能見叢生的雜草，一幢幢大樓似乎也隨時間沖刷而變得褪色斑剝。草叢裡傳出蟲鳴，樹梢間有時則會冒出陣陣尖銳鳥啼，讓這間廢校顯得越發陰森。

鄰近校門的一棟教學樓內，本該無人的二樓卻傳出了人聲。

四名年輕男女待在一間昏暗的教室。

這裡早就斷水斷電，此刻亮起的燈光是從各自的手機，以及立在旁側的幾根蠟燭發出來的。

四個年輕人圍在一張桌子前，上頭的灰塵被抹去，擺了一張寫滿注音符號的紙。紙的正中央還寫著猩紅的兩個字——本位。

這四人在大半夜跑來青藤高中爲的不是別的，正是要在這個網路上據傳鬧鬼的學校裡召喚碟仙降臨。

「如何？大家都準備好了嗎？」率先出聲的是濃眉大眼、輪廓鮮明的楠渚，同時也是這個遊戲的召集人。

楠渚今年大學四年級，相當鐵齒，是徹頭徹尾的無神論者。會找朋友一起加入，最主要是想證明就算是在傳聞中很陰的地方玩碟仙，也絕對不可能有鬼出現。

「眞的……眞的要玩喔？」站在楠渚左邊的呂依至今仍有一絲躊躇。她微蹙著眉，微鬈的紫灰色長髮垂落在肩前，將本就漂亮的臉蛋襯得更加空靈纖細，「阿渚，我覺得我們還是……」

「別怕啦，這世界上怎麼可能會有鬼嘛。」楠渚安慰著自己的青梅竹馬。

他們倆不但從小就是住在公寓對門的鄰居，還相當有緣分地一路同校至大學，彼此感情相當深厚。

旁人都以爲他們早交往了，可兩人堅持他們只是單純的好朋友，並不來電。

「誰說的？世界上肯定有鬼的，只是平常我們看不到而已。因爲我們在不同的維度空間，但只要用特殊方法，說不定就能打破彼此之間的藩籬！」用力反駁楠渚的是他的一號室友。

陸仁肌肉結實、膚色古銅，看起來一副體育生的模樣，但唸的科系卻是與他外表呈現極大反差的中文系。

聽見陸仁斬釘截鐵的發言，呂依臉色不由得白了幾分。她緊張地瞅向楠渚，明顯露出想打退堂鼓的表情。

楠渚怒瞪陸仁一眼，覺得對方根本是來扯後腿的吧，萬一眞的把呂依嚇跑怎麼辦？就留他們三個臭男人待在這裡玩碟仙嗎？

那等等他們的影片還怎麼拍？

在傳聞鬧鬼的青藤高中玩碟仙破除迷信，聽起來是不錯的噱頭。但若再加上呂依這位美女入鏡，肯定能吸引更多觀眾，說不定他們的影片還能因此在網路上小紅一把。

接收到楠渚像要吃人的視線，陸仁慢了一拍才想起他們這趟的眞正目的。

「啊，不過……」陸仁趕緊補救道，「就算世界上有鬼，我也做足了事前準備！」

像要證明自己的話，陸仁從包裡掏出一大串護身符，各間宮廟的都有。接著又拿出了十字架、聖經、可蘭經、佛珠，東西多到連一旁的楠渚等人都不禁目瞪口呆。

「你會不會也帶太多了……」楠渚喃喃地說。

「不管做什麼事，都要有萬全的準備。」陸仁義正詞嚴地說，「誰知道我們召來的會不會是當地鬼魂，萬一是外國鬼怎麼辦？當然要準備這麼多才行。維安弟弟，你說我講的對不對？」

「嗯嗯嗯？叫我嗎？」一直低頭滑手機的男孩猛地抬頭。

與其他三人相比，他面容稚嫩，乍看下像是未成年人。

可實際上，他也是個大學生。

柯維安和陸仁同系，也常去對方的寢室。一來二往自然跟楠渚熟識起來。由於一張娃娃臉的關係，有時會被他們兩人戲稱為維安弟弟。

沒辦法，誰教他那張臉真的太嫩了，還有著大眼睛、鬈髮，臉頰上分布淺淺的雀斑。楠渚第一次見到他時，差點以為是哪個室友的弟弟跑來寢室，後來才知道居然是他室友的同學。

「你在看什麼？」楠渚納悶地問。

「看怎樣可以提高召喚碟仙的成功率！」柯維安那雙偏圓的大眼滿是興奮的光采，

就連那張白嫩的臉蛋都像在發光，與心生畏怕的呂依完全兩個極端，「最好是能百分百提高，這樣我們就能成功見鬼了！」

要說四人中誰對見鬼最興奮，那麼一定非柯維安莫屬。

他不只相信世上有鬼，還熱衷於挖掘出各種超自然事物的存在。得知楠渚和陸仁打算來青藤高中玩碟仙，他二話不說馬上報名參加。

楠渚險些被柯維安的回答噎到，他大感不妙地瞄了眼呂依，果然瞧見她臉白得幾乎不見血色，整個人也有些搖搖欲墜。

「阿渚，我覺得我還是……」呂依的嗓音聽起來像快哭出來了。

「妳之前想買的那個模型，我出一半的錢，當作妳的生日禮物！」楠渚連忙大叫一聲，「拜託妳留下來陪我們玩碟仙吧！」

聽見自己上禮拜看中的模型有人願意贊助一半金額，呂依本來萎靡的精神登時提振不少，就連眼中的驚惶也褪去幾分。

「眞的？沒騙我？」呂依一把抓住楠渚的手。

「騙妳我就是小狗。」楠渚在心裡爲自己即將扁去不少的荷包哀悼。

「既然這樣……那也不是不可以。」呂依抿出甜美的微笑。

「欸，維安，你真的找到能百分百召喚碟仙的方法了嗎？」陸仁對此感到好奇。

「可惜……沒有啊。」柯維安是真的非常失望，「怎麼網路上就沒人提供保證召到碟仙的辦法呢？」

「算了吧，就算有人提供，也不可能真的召喚出來。就說世上哪來的鬼，我們等等就是要破除迷信給大家看。」楠渚拿出一個邊緣點了紅點當記號的小碟子，「等等你們記得不要下意識出力，很多所謂的碟仙，都是玩的人潛意識挪動碟子。」

「不然這樣好了。」陸仁提了一個主意，「當我們唸完召喚詞後，由我用力壓著碟子不動，這樣就算有誰不自覺出力了，也沒辦法輕易移動。」

眾人看著陸仁那一身不是裝飾用的健壯肌肉，都同意這個辦法。

「都準備好了吧。」楠渚沉聲問道，他看了一眼早就調成錄影模式的手機，再將小碟子放在血紅色的「本位」兩字上面。

陸仁的手指率先摁在碟子中央，其他人也陸續將食指放上。

「我們要怎麼召喚碟仙？」真正要開始前，呂依還是湧上了一絲不安，「直接說碟仙碟仙請過來嗎？」

「這個交給我吧。」柯維安義不容辭地攬下這個任務，「雖然沒有查到百分百召喚碟仙的方法，但據說這樣子唸，碟仙有比較大的機率出現。我先唸一次，再來我們大家一起唸三次。」

見三人都不反對，柯維安清清喉嚨，開始唸了。

「碟仙、碟仙，你是我的前世，我是你的今生。我們密不可分，請聽從我的呼喚，現身在我們面前吧。」

柯維安唸完，楠渚三人也跟著加入喃唸召喚詞的行列。

「碟仙、碟仙，你是我的前世，我是你的今生。我們密不可分，請聽從我的呼喚，現身在我們面前吧。」

只是等他們一起唸完三次，擺在紙上的小碟子依然沒有任何動靜。

「看樣子不會來了吧。」呂依鬆口氣，就想把手指從小碟子上抽離。

「再等等！」楠渚另一手快速按上呂依的手背，不讓人挪開手指，「我們再多唸幾次試試，拜託看在模型的份上！」

「這……好吧。」想到過不久就能入手的新模型，呂依勉爲其難地答應了，「那再唸三次，要是沒反應……」

「三次會不會不夠誠心，三十次怎樣？」陸仁認眞地提問，馬上得到來自楠渚和呂依的怒視。

三十次，這是要他們唸到嘴巴痠死嗎！

「可是阿渚，你明明就不信有鬼……」呂依認識楠渚那麼多年了，自然知道他是無神論者，因此更不明白對方爲何如此堅持，「再玩下去也沒意思吧。」

「就是因爲相信世上沒鬼，才更要玩下去啊。」楠渚的理由也很簡單，「要是太快收手，不就代表我們內心害怕，心裡深處還是相信有鬼存在？」

「我相信啊。」陸仁舉起手。

「我也相信，超級相信的！」柯維安神情眞誠，「它們一定存在，只是我們還沒親眼見過而已。」

「你們這兩個鬼神狂熱者……」楠渚嘖了一聲。

「維安弟弟才是吧，我只是普通地相信世上有鬼。」陸仁爲自己辯駁，他和柯維安這個熱衷不可思議存在的人才不一樣，「呂依呢？」

「只要誰能讓我早點回去，我就信他。」呂依毫不隱藏她的真心話。

最後楠渚提出個折衷辦法。

再待在這裡十五分鐘，大家的手都不要拿開，中間輪流唸召喚詞。要是十五分鐘後依舊沒任何異狀，就收工。

呂依雖然仍有些不情願，最後還是同意了。

接下來四人輪流召喚碟仙，當第二輪來到楠渚時，他嘴裡才剛說出「碟仙」兩字，忽地察覺到手指下的碟子似乎在微微震晃。

「陸仁，你幹嘛？」楠渚不滿地看著說好要壓緊碟子的室友，「別亂動啊！」

「我才沒動！」陸仁大聲喊冤，「我明明就很用力地壓著碟子，是你或維安動的吧？你們才是不要故意搗亂！」

「沒有沒有，我對待超自然一向都很認眞的，才不會故意作弊。」柯維安特意稍微抬高手指，只留指尖點在碟面上，以此證明自己在這個姿勢下很難使勁。

「我也沒有。」呂依連連搖頭，「阿渚，該不會是你不自覺用力了吧。」

「我哪會做這種事。」楠渚乾脆模仿柯維安的動作，自證清白，「一定是陸仁。」

「就說不是我了。」陸仁對自己一再被懷疑感到不滿，「你們看，我的手都沒動耶，這樣我要怎麼去動……」

陸仁的話聲越來越小，眼裡也漸漸染上些許驚悚。

是啊，如果他們的手都沒動——楠渚、柯維安和呂依都還只用指尖碰觸碟子——那現在這個簡直像裝了電池不住震動的小碟子，又是怎麼回事？

「難、難道眞的是……」呂依倒抽一口氣，求助似地看向其他朋友。

「一定有原因可以解釋。」就算小碟子在桌面撞擊出喀啦喀啦的聲響，楠渚仍舊堅定地相信眼前的現象只可能是人爲造成，只不過凶手很可能沒有自覺。

他飛速掃過面前三位朋友——柯維安興致勃勃，呂依一臉擔驚受怕，陸仁曬黑的臉孔似乎被嚇白了一點。

呂依和陸仁的害怕不像作假，楠渚馬上將柯維安列爲頭號嫌疑犯。

畢竟他對柯維安的了解沒另外兩人那麼深，也許這個長相稚氣的男生其實身懷不爲人知的怪力，就算是只用指尖也有辦法讓碟子震晃呢？

沒錯，鐵定是這麼一回事！

楠渚被自己的推理說服，正當他要質問柯維安，停在本位上的小碟子驟然動了。滑動的力道大得驚人，簡直像有多雙看不見的手使力扯著它往旁邊移。

所有人都被嚇了一跳，呂依更是慌得想收回手。要不是柯維安及時大叫「過程中絕不能放開手」，只怕她的手指早就離開。

碟子勢頭凶猛地移到左邊，接著又往右、上面、右邊、右下移動，才終於停下。

所有人都看見碟子上的紅點依次指向的注音符號——

「ㄨ、ㄛ、ㄌ、ㄞ、ㄌ、ㄜ……」陸仁不由自主地重複一遍，隨後臉色瞬變，慌亂中又透著一些興奮，「我來了？幹幹幹，是碟仙吧！碟仙真的來了！」

「陸仁你冷靜點，就說沒有鬼了，這一定是誰在暗中施力！」楠渚銳利的目光射向柯維安，「維安你老實說，是不是你？你坦白沒關係，沒人會怪你的。」

「我？」柯維安吃驚地比向自己，接著連連搖頭，「真的不是我，我完全沒使力……不信你叫陸仁摸摸我的手臂，肌肉都是放鬆的。」

「現在摸有什麼用？碟子都沒在動了。」楠渚的話剛落下，靜止的小碟子竟是再次在紙上遊走。

陸仁雙眼瞠大，瞬也不瞬地緊盯著碟子指向的那些注音符號，深怕漏了什麼重要訊息。

見陸仁只顧著看，全然忘記驗證柯維安的話，楠渚急忙將手橫過桌面，摸上對面柯維安的右手臂。

肌肉確實沒有任何緊繃之感，是處於完全放鬆的狀態。

換句話說，柯維安壓根沒有使勁。

驚愕閃過楠渚的臉，他脫口喊出一聲「怎麼可能」，然而碟子卻沒有因他不敢置信就停住不動，仍舊在紙上不停移動。

*不對、不對，絕對有辦法解釋的……*楠渚咬咬牙，還是不信邪。他眼盯四周，發誓要從中找出人爲痕跡。

陸仁注視著碟子指出的那些注音符號，臉上的興奮漸漸轉成錯愕，「ㄨ、ㄛ、ㄧ、ㄠ、ㄋ、ㄧ……這什麼意思？我要你？要誰？」

「是指我們嗎？是我們中的誰嗎？」呂依嗓音發顫，顫意一路蔓延到身體，有好幾次她的手指幾乎要從碟子上脫離開來，「楠渚，你快說怎麼辦啊！碟仙眞的出現了！」

「把手都拿開！把手都拿開就能確定是不是有人搞鬼了！」

「不行！」柯維安和陸仁同時急急阻止。

只要是對碟仙、筆仙、錢仙……反正就是這一類的東西稍微有研究的人就知道，儀式沒完成前，擅自把手從媒介上面挪開是大忌。

但柯維安的急迫只讓楠渚更加認定原先的猜測。

果然，是柯維安在動手腳！

就在楠渚打算釜底抽薪、直接把大家的手都揮開之際，矗立在旁的四根蠟燭倏然全部熄滅。

蠟燭的位置在眾人的斜對角，誰都能看見蠟燭的變化。

楠渚愣了一下，但只以爲是有風吹熄，沒想到，蠟燭居然再次自動點燃。

然而這回燃燒的火焰呈現駭人的青色，簡直像陰森的鬼火包圍在他們左右。

目睹這一幕的幾人一時都發不了聲，饒是鐵齒的楠渚也心頭一個咯噔，難以言喻的發毛感爬上他的後背。

蠟燭離他們起碼有一臂之遠，就算柯維安眞要動手腳，應該也沒辦法……

楠渚強行停下思考，不然他覺得自己會往不科學的方向越走越遠。

這是不對的，因爲世界上根本不可能有鬼！

「現、現在該怎麼辦……」呂依慌得快哭出來了，一雙畫著細緻眼線的眼睛浮上淚光。要不是柯維安和陸仁的警告猶在耳邊，她早鬆開手，拉著人逃離這個可怕的地方。

「把碟仙請回本位……快點把碟仙請回本位！」陸仁再也沒了最初見到碟仙降臨時的激動，眼前逐漸失控的場景讓他頭皮發麻。他尖銳地嚷，手下力道加劇，想要靠蠻力把不停顫動的小碟子拉回紙中央，然而手指感受到的抗拒力道竟跟著加劇，「碟仙、碟仙，請你回到本位！」

「碟仙、碟仙，請你回到本位！」呂依無法思考，只能一起大喊，手指一併用力。

「等等，我們先問碟仙問題，先跟它溝通一下！」柯維安試圖安撫同伴，「這可是難得的機會，你們難道不想跟超自然再多接觸一下嗎？」

呂依和陸仁誰也沒理他，反倒放大了聲音，彷彿這麼做就能帶給自身力量。

「是集體催眠……沒錯，我們現在一定是陷入了集體催眠！現在看到的都是幻覺，只要醒過來，一切都會消失！」楠渚也不管碟子是否挪回本位了，猛地抽離自己的手。

當其中一人的手指離開碟面，一股無形力道同時從桌子中心往外爆發，瞬間將圍在桌前的四人全都撞翻在地。

一張張年輕的面孔覆上了惶然、驚懼，或是不敢置信。

下一刹那，一聲丹田有力的大喝從教室另一端響起。

「卡——」

伴隨著那個「卡」字落下，原本幽暗的教室驟然燈光大亮。

一盞盞架設在周遭的燈具從陰影中顯露，包括坐在攝影機後的導演和工作人員們。

柯維安立刻一改震驚的表情，臉部肌肉跟著放鬆下來，他長長吐出一口氣，發出了由衷的感嘆。

「啊啊，累死我啦……演戲這種事，也太不容易了吧！」

第一章

晚間九點十六分，廢棄多年的學校裡卻亮著燈光。

《霸道碟仙愛上我》的劇組剛在這裡拍完了今天的最後一場戲。

一掃先前刻意營造的詭譎陰森，燈光大亮的教室氣氛輕鬆，不時傳來談笑聲。

老實說，柯維安也沒想到自己怎麼就加入了這個小劇組。

除了「小」之外，恐怕還得加上「窮」這個字。

沒錯，這是個又窮又小的劇組，扣掉演員，所有工作人員就只有導演、場記、攝影師、燈光師、編劇，及化妝師，共六位。

而這六人還得身兼其他職責，例如導演也是製片兼剪輯，可說是一人當好幾人用。

原本柯維安是來青蘿市旅遊的，臨時接到監護人的電話，然後就被踢來這個劇組充當男配角。

發展太過突然，連柯維安自己都傻了。

更別說他從來沒演過戲，他就只是一個普普通通，熱愛全世界小男生、小女生的大學生耶！

監護人也沒多解釋，只提了一句欠導演人情，現在正是還人情債的時候。

「不是吧師父！妳欠人情債爲什麼是我要還？」

「因爲有事弟子服其勞，不去的話，我就親自去青蘿市踢你屁股。」

面對如此霸道蠻橫的威脅，柯維安只能眼眶含淚，認命地前往劇組報到。

他本來還奢望導演可以清醒點，別讓他這麼一個素人進組，沒想到對方連試鏡都懶，大手一揮，劇本塞給他，直接就叫他充當男三號上陣。

好在那個角色的背景設定及個性和他相當接近，基本上只要本色演出就不會出什麼大問題。

如今聽見可以收工，柯維安馬上從髒兮兮的地板爬起，一個箭步撲向放個人物品的地方，撈出了自己的包包。

「啊，我的心肝！想死你了！」柯維安掀開袋蓋，摸了裡面的黑色筆電好幾把，再把包包重新揹上，這才感到安心。

「我還是第一次聽到有人把包包喊作『心肝』的。」男主角楠渚也走過來拿自己的東西，「這麼寶貝它啊？」

「不是包包，是筆電、筆電。」柯維安咧出一口白牙，語氣有絲炫耀，「它跟我很多年了，是我的大寶貝沒錯。沒把它帶身邊，挺讓人不習慣的。」

「不然就跟導演講，讓你的角色也揹著它，這樣不就不用分離了。」和維安同樣演男配的陸仁，從自己的隨身袋裡拿出水壺。

「好主意耶，等等我去問導演。」柯維安視線轉了一圈，發現導演還坐在攝影機前專心盯著螢幕，似乎是在和編劇一起看方才拍攝的片段。

戴著厚重眼鏡、留著長髮的場記，抱著筆記本站在兩人身後，一邊聽他們交談，一邊在上面瘋狂做記錄。

見狀，柯維安決定晚點再過去。

燈光師和攝影師忙著收拾道具，下一場戲要移到其他場地。

「維安！」戴著甜甜圈耳環的化妝師突然喊了一聲，「記得卸完妝再走，等我弄完小依的就幫你弄。」

「好的。」柯維安湊到化妝師旁邊，擺出一副乖巧姿態排隊等待。

「弟弟眞乖。」化妝師忍不住伸手揉了一把柯維安的腦袋，「剛剛演得不錯嘛，讓人看不出你其實是第一次演戲。」

「這個嘛……大概是有點本色演出才那麼順利。」柯維安摸著下巴，「不過主要還是大家帶得好，要多感謝呂依姊、楠渚哥和陸仁哥了。」

「別喊我姊，聽起來年紀都老了……喊名字就行。」呂依閉著眼睛讓化妝師卸去眼線，「你那張臉太犯規，你眞的是大學生嗎？」

「確定、肯定，以及一定。」柯維安笑嘻嘻地說，「繁星大學中文系。」

「還眞的是中文系喔。」插話的是陸仁，「跟電影角色的『柯維安』一樣耶，不如說他感覺就跟你滿像。不過導演也眞怪，要我們本名演出，說什麼會更有代入感……」

「我跟那個『柯維安』多少還是有點不一樣。例如碟仙降臨時，換作是我啊……」柯維安雙手抱胸，一臉嚴肅，「絕對不會浪費機會，先問問題再說。這可是碟仙，活生生的碟仙耶！」

「不，人家那個是死透了吧。」呂依掀開一隻眼。

「維安弟弟，你會問什麼問題？」楠渚感興趣地湊過來。

「我想想喔……等我一下，我找一下那個問題。」柯維安從包裡拿出筆電，先將它從睡眠狀態中喚醒，再飛快地從資料夾中點開一個文件，「這問題當初簡直折磨死我了，我唸囉……請定義下列各術語：詞、語素、自由語素、附著語素、派生詞、屈折詞綴，每個術語須舉三個漢語及英語例子，並說明為何漢語的『詞』不易界定。」

「呃，等一下……你剛說的是中文嗎？」化妝師遲疑地問出眾人共同疑惑。

「不只是中文，還是中文系語言學的期中考考題！」柯維安想到當年被語言學支配的恐怖，不由自主地抱著身子抖了一下，「如果讓我召喚碟仙，我一定要把整張語言學的考卷叫它寫一次！」

「我覺得碟仙寫不出來，翻桌的機率比較大。」陸仁認眞地說，「這問題要是問我，我也想翻桌了，根本聽不懂。這哪是中文系的題目，這是外星語了吧。」

「好啦，先不管外星語或中文。」化妝師朝柯維安招招手，垂掛在耳垂下的甜甜圈飾品跟著微微晃動，「維安過來，換你了。」

「喔喔，好。」柯維安馬上坐到化妝師面前，學著先前的呂依閉上眼。

化妝師熟練地替柯維安卸妝，與還圍在旁邊的主演們聊起他們正在拍的這部電影。

「你們不覺得這部戲的名字……」擔心會被另一端的導演他們聽到，化妝師特地壓低聲音，像在說著悄悄話，「眞的是有夠俗的嗎？」

「我早就想說了。」呂依也小小聲地跟著吐槽，「《霸道碟仙愛上我》……碟仙就碟仙，為什麼非要加個霸道不可？我還寧願是那種更俗的霸道總裁愛上我，好歹還是個活著的男人。」

「所以最後碟仙有成功追到妳嗎？」挨了呂依沒好氣的一眼，楠渚趕忙換個說法，「咳，我是說電影中的妳。」

「你都不知道了，我怎麼會知道？」呂依輕哼一聲。

化妝師驚訝地出聲，「你們不知道？」

「我也不知道。」陸仁舉起手，「劇本不完整，導演說之後會再給後面結局。」

楠渚和呂依點點頭，他們也是同樣情況。幾人不約而同地再看向柯維安，冀望這個新人或許會有不一樣的答案。

「維安弟弟，你呢？」

「我也不曉得結局是什麼。」柯維安老實說，「我拿到的劇本應該跟你們一樣，都是少了結局。」

「導演跟編劇保密也做得太誇張了……」呂依唸唸有詞，「我是女主角，起碼跟我說一下我的結局嘛。」

「沒錯，雁子眞的太過分！」化妝師一起同仇敵愾，「虧我們同間房，也不洩露點口風給我。」

柯維安花了幾秒鐘才反應過來，「雁子」就是他們的編劇。

「應該就只有導演跟編劇知道後面劇情怎麼發展吧。我們只能先演完前面的，才能知道後面要怎麼演。」楠渚嘆口氣，「這種走一步看一步的感覺眞不習慣……」

「我有個好主意。」化妝師忽地靈光一閃，她朝幾人使了個眼色，要他們靠過來一點，「回旅館後，晚點我們一起到維安跟陸仁的房間聊天吧。我會把雁子帶過來，當然，還會帶酒跟一些小菜。都說酒後吐眞言，說不定有辦法從她口中撬出結局到底是什麼……你們覺得如何？」

大夥互看一眼，對這個提議沒有任何意見。

沒辦法，他們也太好奇《霸道碟仙愛上我》這部戲的結局了。

「維安喝酒嗎？」呂依細心問道。

「我不喝，不過旅館冰箱有可樂，我喝那個就行啦。」感受到臉部恢復清爽，柯維安向化妝師道了謝。

連續忙完兩個人，化妝師似乎是懶了，把一瓶卸妝水和一盒卸妝棉扔給楠渚和陸仁，要他們兩個大男人體會一下自己動手的樂趣。

楠渚兩人聳聳肩，認命地自己來了。他們快速卸完妝，喊上了在旁等候的柯維安。

楠渚是自己開車過來的，陸仁和柯維安則是蹭他的車。

「導演，我們先回旅館了。」幾個人離開教室前沒忘記向導演打聲招呼。

導演隨意「嗯」一聲當作回應，雙眼依舊專注地盯著影像畫面。可下一秒他霍然抬起頭，喊住了正欲離去的鬈髮男孩。

「維安你等一下！」

「什麼事？」柯維安反射性頓住腳步。

「你那個朋友……就是說願意來當一天臨演的朋友，最遲明晚記得來報到啊。」導演和柯維安確認，「確定不要薪水，只要葵花子？」

「喔，因爲他說他錢挺多的，不缺錢。」柯維安在導演表情扭曲前，先握拳往虛空中揮了一記，「眞是太拉人仇恨的發言。導演，我們一起仇視他！」

「倒也不必……」能節省開銷，導演還是滿樂意的，誰教他們就是個窮窮小劇組，「葵花子就交給你買，你再開收據跟我報帳就行。」

「好的，導演。沒問題的，導演。我一定會把葵花子買好買滿！」柯維安拍拍胸脯保證。

「慢著，你要買多少？」

「十包吧，一公斤一包，不帶殼。還得是花花園這個品牌才行，對方指定的。」

導演對葵花子的價格沒有研究，平時也不吃這類食物。但他有手機，可以上網查。不查沒事，一查下去，導演雙眼瞠大，整個人幾乎要從他的小椅子上跳起。

「花花園的葵花子三百克就快三百元，你朋友還要十包一公斤的？那我乾脆開薪水給他不是更省！」

「哎呀，是那傢伙要求的，不是我要坑你啊導演。」柯維安縮著脖子，在導演暴怒之前趕緊一溜煙跑走了。

「再給我等等！」導演氣急敗壞地咆哮著，「那個王八蛋叫什麼名字！」

已經跑出教室外的柯維安自然不會傻傻地留下，他的聲音輕快地順著晚風飄了過來，隱隱中好似還帶著一絲幸災樂禍。

「黑──令──」

雖然《霸道碟仙愛上我》這個劇組經費拮据，但基本福利還是有到位，安排的旅館也乾淨整潔。

搭楠渚的順風車在外頭吃完晚餐，柯維安回到和陸仁同住的房間，他包包一扔，整個人就呈大字形癱在床鋪上，連手指都不想動了。

當演員拍戲眞的比想像中還要累啊，只要有一點失誤，同樣的場景就必須再來一次，拍到都麻木了。

「眞是救命……」柯維安有氣無力地呻吟一聲，雙眼半合，「早知道那麼累，我還寧願去……去……」

去哪裡？柯維安的思緒驀地打成一個結，那些纏繞在一起的絲線怎樣也解不開。

柯維安睜開眼，直直看著天花板。這怪異的感覺已不是第一次出現，就好像是……他忘了什麼。

與自己有關，偏偏他無論如何也想不出來。

「維安，我先去洗澡喔。」陸仁沒察覺到柯維安的異狀，抱著換洗衣物往浴室走，「你也別拖太晚，明天一早還有戲要拍。」

「啊啊啊，讓我死了吧！」柯維安這下無暇深究自己到底忘了什麼，他痛苦地在床上翻滾，猶如一條不停翻面的煎魚。

翻滾了好一陣，他重新爬起，把筆電從包包裡撈出來，一登上LINE就跳出好幾則未讀訊息。

都是同一人傳來的。

要不是柯維安也有事交代那人，他還真不想點開對話框。

嫌打字太累，柯維安乾脆選擇語音通話。

名字是「黑令」，名字後面又被柯維安額外標註「倉鼠星人」的頭像跳至螢幕上，另一端很快接通。

只不過對面傳來的是一陣沉默。

要不是還有呼吸聲，柯維安都要懷疑真的有人接起他的電話嗎？

「喂喂？」柯維安沒耐心等對方開口，主動出擊，「黑令你在嗎？」

「不在，就不會接你電話。」低沉又溫吞的男聲終於響起。

「靠，那你是不會吱一聲嗎？」柯維安的娃娃臉猙獰一瞬，「不出聲我哪知道你還在不在，萬一手機扔著人跑了呢？」

「沒跑。」黑令糾正，「而且我剛出聲了。如果你堅持的話，吱。」

柯維安向來自認脾氣極好，況且通常都是他氣人，鮮少有人氣得了他。然而一碰上黑令，這些準則都被不客氣地推翻了。

柯維安只覺額角迸出條條青筋，「你那叫出聲嗎?明明是我先逼問，你才說話!」

「所以有說話了。」黑令說話速度偏慢，總有種下一秒可能昏睡過去的感覺，「吱一聲不夠，那要兩聲嗎？」

柯維安抿著嘴，覺得喉頭好像有一口血要湧上來——被黑令氣的。

黑令則將柯維安的短暫安靜當成默認，「吱吱。」

要不是黑令不在這邊，柯維安一定凶狠地撲上去，緊抓著對方領子猛搖，最好能把人勒死算了。

他計較的是那個吱嗎？他才不想聽一個男人在那邊吱來吱去，一點也不萌！

算了，不氣不氣，氣死自己太划不來了……想想世界還有那麼多可愛的小天使在等著他……

柯維安總算把自己瀕臨爆發的怒氣壓下，他深吸口氣，把歪到天邊的話題拉回來。

「你答應我要接臨演的事，沒忘記吧？」

「臨演？」

「不是吧，眞的忘了？虧我替你把葵花子從五包爭取到十包，還替你指名要花花園的耶！」

「現在知道了，謝謝。然後……」

「還然後，然後當然是過來演戲啊！」浴室裡水聲正響，柯維安怕聲音被蓋過，只好拉高分貝，「導演說明晚要過來報到，你什麼時候要來？不管哪時候來，都記得把我

家的小芍音看牢了！」

提及自己最重要的寶貝妹妹，柯維安就像是被按下了開關，嘮叨個不停。

不能怪柯維安擔心這、擔心那，他家小芍音無敵可愛、無敵萌，萬一不小心沒盯著，弄丟了怎麼辦？

這恐怖的想像讓柯維安瞬間呼吸一窒，心跳都不由得要停了幾拍。

「有沒有聽清楚？小芍音說要來青蘿市參觀古蹟寫作業，你要好好把人送過來，絕對不能讓人掉一根頭髮！」

黑令等柯維安說到一個段落，才慢悠悠開口，「不掉一根頭髮，不可能的。人一天都要掉一百多根。」

「我這只是種比喻、比喻！」柯維安不想再跟黑令說下去，不然他怕今晚會氣到睡不著，「趕緊確認一下，你和小芍音什麼時候過來？我先跟你說旅館地址，是在……」

等柯維安說完，黑令無端拋出一個新的疑問，「你那邊現在幾月幾號？幾點？」

「我這邊跟你那邊不是一樣？」柯維安一頭霧水，但還是回答了，「四月六號，十一點十分。」

「晚上？」

「廢話，難不成還白天嗎？我是去青蘿市，又不是去美國。」

「了解。」黑令也沒解釋自己爲什麼這麼問，自顧自地說下去，「明天下午，四點左右去找你。」

「明天下午嗎？」柯維安快速回想工作排程，「明天上午有一場戲，晚上還有一場，都是在青蘿第二美術館那邊拍。」

「青蘿第二美術館，在哪裡？」黑令問。

「你自己查不就知道了？或是你們明天來旅館跟我會合順便放行李，我再帶你們過去。」

「地址。」黑令很堅持。

柯維安咂了下舌，還是上網替黑令查了。固執起來的黑令很麻煩，他實在不想跟人乾耗著。

將青蘿第二美術館的地址唸出來，柯維安聽見黑令那邊說：

「美術館旁邊有永讀路嗎？」

「你到底在幹嘛啦，不會自己查嗎？」雖然柯維安嘴上叨唸個不停，還是動動手指，開啓地圖，「有，有一條永讀路。」

「永讀路二段四十巷十四號那邊，有沒有一間織女廟？」

「唔嗯，我看看……」柯維安打上地址，地圖很快顯現出來，「有。」

「那我們明天約那。」

「啥？爲什麼約那？而且你們不先放行李嗎？」

「不用，沒行李。」

「啊啊啊？沒行李是什麼意思？你不帶行李就算了，小芍音鐵定要帶的。你……」

「訊號不好，沒聽見，明天見。」

柯維安瞪著結束通話的螢幕，最後惱怒地發了一連串刀子貼圖給黑令。

眞的是……氣死了！

最好等明天黑令過來，換導演被他氣死！

懷抱著氣呼呼的心情，柯維安在陸仁出來後走進浴室。

等他洗完澡、坐回床鋪，房間正巧傳來了敲門聲。

陸仁的床離門比較近，他隨即開了門。

「哈囉，我們來串門子了！」化妝師拎著袋子走進房間，後頭是楠渚、呂依和雁子，他們手裡或多或少都提著東西。

本來抱著筆電窩床上的柯維安連忙下床，爲大夥清出一個方便吃東西的空間。雙人房一口氣塞了四人進來，不算大的空間立即變得擁擠。

好在大家不介意席地而坐，鹹酥雞和啤酒拿出來擺一擺，一場宵夜聚會馬上展開。

柯維安不喝酒，所以他抱著一瓶可樂坐在床緣，視線隨意掃過一圈，發現大家都是一副洗完澡的清爽模樣。

化妝師的甜甜圈耳環已摘下，換綁一個甜甜圈髮圈在馬尾上，看得出來她對甜甜圈情有獨鍾；編劇雁子換上的居家服則讓柯維安不禁多看了好幾眼。

如果他沒看錯……那件寬大白T上面龍飛鳳舞寫的是「拖稿」兩個大字吧。

「雁子姊，妳那件衣服挺有特色的。」

「你也這麼覺得喔。」雁子笑咪咪地拉拉上衣下襬，「看到這件衣服我就覺得該穿上它，果然一穿上去，整個人精神都來了。」

「要有精神工作了嗎？」化妝師開了一瓶啤酒，往雁子手上一塞。

「哈哈哈哈，怎麼可能？」雁子擺擺手，笑得一臉爽朗，「是感覺裝死不工作的精神都來了。」

「裝死就不需要有精神了吧。」呂依小口小口地喝著酒。

楠渚和陸仁沒有插話，他們正忙著爭奪鹹酥雞。高熱量的油炸物對他們來說簡直就像靈丹妙藥，感覺今天耗去的元氣都補回來了。

等到化妝師回神，才發現一整袋鹹酥雞早已少去大半，她心疼萬分地打掉兩名男演員還想伸過來的手，「好歹留點給我們吧，你們也太會吃！」

「鹹酥雞太好吃了，控制不住。」陸仁無辜地說。

楠渚在旁邊連連點頭。他先前就說要買多一點，化妝師還說他們買太多，現在看來果然分量不夠。

不過都半夜了，這時候叫他開車出門，他也不想。

「小甜，妳和維安、小依吃吧。」雁子倒是不在意地又開了一瓶酒，「我本來就不餓，給我酒就行啦。」

「我有吃一點，這樣就夠了。」呂依還想維持好身材。這時間點吃油炸物對女演員來說算是大忌，她今晚忍不住破戒，但也不敢嚐太多。

「那我跟維安分吧。」化妝師小甜換了個位置，坐到柯維安床鋪下方，方便一起分享，「所以明天要換到第二美術館那拍戲對吧。」

「對。」雁子肯定地說，「明天兩場戲都在美術館，早上那場是美術館附近，晚上則是在美術館內，場地都借到了。」

「我記得……明天是要拍主角群先到美術館附近玩，但碰到一些碟仙引發的怪事；半夜十二點再去美術館參觀……」陸仁回想劇本內容，「我們應該不是真的半夜十二點才要拍吧？」

「真的就是半夜十二點。」雁子殘忍潑了冷水，「導演說這樣更有真實感。」

「第二美術館就算有夜間場，也不可能讓人半夜十二點進去吧。」柯維安順手搜尋，「最晚到八點而已耶。」

「別擔心，反正場地借到了。」雁子胸有成竹地說，「總之沒問題的。」

「唔，那爲什麼電影裡非得要半夜逛美術館？」柯維安還是壓抑不住自己的吐槽之魂，一逮到不合理的地方就連珠炮發問，「大白天逛不好嗎？再不行，看正常的夜間展也行呀。而且照理說美術館不會半夜放人進去吧，偷溜進去也不可能，除非一直躲在美術館裡，直到閉館。」

「這些都不是問題，因爲阿渚把美術館包場下來了。」見楠渚看過來，雁子修正自己的話，「喔，我是說電影裡的那位。他被碟仙附身了嘛，又得知小依……算了，叫女主好了。得知女主很想去美術館看展，才決定展現它的霸道，讓整間美術館爲小依空出來。」

「這更奇怪了吧！爲啥碟仙能夠包場？它附身的身體只是一個大學生，男主的身分難道有什麼伏筆嗎？」柯維安努力回憶。

「沒有伏筆，因爲這樣才夠霸道！」雁子斬釘截鐵地說，「都有碟仙了，邏輯早就不重要。只要有任何不合理之處，就想著因爲是碟仙，因爲這碟仙很霸道就夠了。」

聽起來有更多地方想吐槽了……但有鑑於這會沒完沒了，柯維安張張嘴巴，最後還是決定放棄深究。

只要肯不帶腦子，就不用去思考是否合乎邏輯這件事。

聽完一輪柯維安和雁子的你問我答，幾個人也忍不住你一言、我一語地談起這部戲的劇情。

依照他們手上拿到的劇本，《霸道碟仙愛上我》在成功召喚出碟仙後，四名大學生就會開始碰上各種靈異事件。

碟仙的目的是讓他們幾人飽受驚嚇，繼而身心俱疲，接著它就能趁虛而入，奪佔某個人的身體。

但在這過程中，女主展現出堅強的一面，沒有因此失去信念，反而還想方設法地拚命對抗。

這鮮明的人格特質吸引了碟仙，讓它逐漸對女主上心，進而產生深刻感情。

爲了能和女主順利在一起，碟仙決定奪舍男主身體，因爲他的外表最符合它的喜好。

它的計畫很簡單，得知女主想去美術館看幽魂觸手展後，它便短暫地附身在男主身上，把她與另外兩個男配一起帶到美術館。但它的力量只能夠短暫附身，否則也不需把男主嚇到瀕臨崩潰，才能進行奪舍。

等到了美術館，碟仙再想辦法弄死兩個男配，如此一來就能將男主搖搖欲墜的心理防線徹底擊潰。然後它再附身，表露一手英雄救美，接著跟女主告白。

「暫停一下，什麼展？」柯維安懷疑自己聽錯了。

「幽魂觸手展。」雁子愉快地說，「其實是幽魂展跟觸手展，簡稱幽魂觸手。」

「不，重點不是簡稱，是那兩個展的名字。幽魂展我還懂，但觸手展又是什麼玩意？」柯維安疑惑地問。

「不知道，藝術家的愛好吧。」雁子不以為意地說，「劇本直接結合現在展出的展覽，導演說這樣還可以省場景布置的費用。」

「主要場景應該是在幽魂展那吧。」劇本的細節呂依記得熟透，「我上網查過了，那邊現在最熱門的就是殭屍王。叫什麼……喔對了，不滅屍王，設定上好像是永恆不滅的殭屍王這樣。」

「說到幽魂展……」小甜故意壓低聲音，語氣還陰森森的，「你們聽過青蘿第二美術館鬧鬼的事嗎？說不定，你們拍戲的時候就會碰到真的喔。」

「美術館鬧鬼嗎？是哪種鬼？」柯維安立即被引起興致，「男的女的？還是小朋友？如果是小朋友，有人知道外表年紀嗎？希望是五歲以下，三歲以下就更好了！」

柯維安太過熱切，反而把小甜嚇了一跳，「我、我不知道耶……」

「現在是在意鬼魂年紀的時候嗎？不是該在意到底有沒有鬼？」呂依困惑地擰起眉，「我才不想在那眞的撞鬼，那也太嚇人。」

「一個幽魂展，一個觸手展，說不定觸手和殭屍都眞的跑出來呢。」陸仁興致盎然地加入話題，「要是殭屍跑出來，我們就得停止呼吸對不對？我看電影都這樣演。」

「那觸手跑出來該怎麼辦？」楠渚也發揮想像力，「萬一是超多的觸手大軍，它們會不會把我們纏起來，在空中甩來甩去？或是從雕塑的臉上鑽出很多觸手？」

「這個想像力不錯喔，給一百分！」小甜比出大拇指。

「噫，哪裡不錯？嚇死人了，別亂說了啦！」呂依有絲氣惱地拍打著楠渚的肩膀，「要是成眞我就打死你們兩個！」

「哈哈哈哈，哪可能成眞啦！」楠渚和陸仁嘻嘻哈哈地笑成一團。

「觸手和殭屍啊……聽起來就很能激發靈感，我先記一下。」雁子從口袋裡掏出一個小本本，飛快在上頭書寫。

小甜想趁機偷看上面有沒有寫到《霸道碟仙愛上我》的結局，她伸長了脖子，但記事本被雁子的手掩得密實，瞄不到紙上內容。

「我說雁子啊……」小甜沒放棄，見雁子不知不覺已喝了七、八瓶啤酒，臉頰泛上酒精蒸出來的紅暈，當下氛圍又正好，決定打鐵趁熱，把話題繞到電影結局上。「在美術館裡，最後碟仙成功了嗎？女主有被它蒙蔽而接受它嗎？妳告訴我們嘛，我們超想知道結局的！」

「對對對。」楠渚連忙附和，「身爲男主兼碟仙，結局應該先讓我知道吧。」

「被告白的我也該知道，這樣能讓我更容易揣摩當時的心境，更快入戲！」呂依搬出冠冕堂皇的理由。

「雁子姊，說嘛說嘛！」柯維安則是祭出他的絕招，湊到雁子身邊，用一雙又閃又亮的大眼睛瞅著人不放。

那張稚氣的娃娃臉加上濕漉漉的小鹿眼神，給人的感覺可愛又可憐，輕易能激起母性。

「太可愛了吧，維安！」雁子不客氣地用力搓揉那頭亂髮，「但我家小姪女更可愛！」

「不不不。」柯維安生起他的好勝心，馬上把自己的目的拋到腦後，「絕對是我妹妹更可愛，她會抓著我的衣角喊哥哥！」

「那又沒什麼，我姪女還會抱著我喊小姑姑呢。」

「我妹……」

「我姪女……」

眼看兩人陷入一場莫名其妙的比拚，小甜趕忙暗中用手戳著柯維安，要他別忘記他們今夜聚會的意圖。

「結局啊，維安弟弟，快幫忙問結局。」

「啊？小甜姊妳說什麼？」柯維安沒聽清楚。

「結局啊！」小甜喊完才驚覺自己不小心太大聲了。

「你們都那麼想知道結局？」雁子伸手探向新一瓶啤酒。

眾人忙不迭用力點頭。這部電影取名這麼奇葩，想必劇情應該會來個出人意料的大翻轉。

「結局就是……」雁子賣了個關子，看著大夥滿懷期待的眼神，她嘿嘿笑了一聲，把關子繼續賣下去，「不能劇透。我簽保密協定了，是眞的不能劇透。」

「咦？」

「欸？」

「怎麼這樣！」

大失所望的抱怨接二連三響起。

雁子不爲所動地豪氣乾完手上啤酒，又想再拿下一瓶，卻被懷著怨念的小甜不客氣地搶走。

「妳喝夠多了，再喝下去我可不扛妳回房間。」

「哎，才這麼一點酒哪會醉？」

「只有醉鬼才會說自己沒醉。」小甜把啤酒都冰到柯維安他們房間的冰箱裡，「走了走了，我們要回去了，明天還有工作。」

「就眞的沒醉嘛。」雁子留戀不已地追隨小甜手上的啤酒，直到它們全都進入冰箱。她惆悵地吐出口氣，從地面爬起，跟著大部隊一塊離開了柯維安他們的房間，留下一室酒氣。

柯維安把空調轉強，免得酒氣殘留太久變成奇怪的發酵味，他可不想明天一身異味地去見他的寶貝妹妹。

要是被小芍音說「哥哥，臭」，他一定會心碎而死的！

計畫總是趕不上變化。

雖說是早上九點的戲，但等導演滿意、終於願意放人休息，也已過了中午。

柯維安沒和其他幾位演員去吃飯，他揹上包包，鎖定了看起來也準備去覓食的雁子，成功成爲對方的午餐同伴。

柯維安會找上雁子的理由很簡單，他想藉此拉近彼此距離，然後……

向雁子打聽她的姪女究竟有多可愛！

最好能分享照片，讓他吸收一下小天使的能量！

最近都跟一群過保鮮期的成年人待在一起，柯維安覺得自己就像缺少陽光和水澆灌的花朵，快可憐地枯萎了。

嗚嗚嗚，他好想要抱抱可愛的寶寶……或是十歲以下的小朋友也可以，當然三歲以下就更棒了！

一場飯下來，兩人間的距離果然拉近不少。

之前柯維安和雁子較少接觸，只知道身爲編劇的她長相秀氣，但爲人豪爽，在劇組裡與大家關係相當不錯。

這兩天接觸下來，柯維安對雁子的好感度也直直上升，更不用說看過照片後，他發現對方的姪女眞的很可愛。

但是，還是他家的小芍音最可愛了！

這點絕對不容質疑！

靠著姪女和妹妹的話題迅速建立起友情的兩人見還有時間，乾脆結伴逛了逛青蘿第二美術館附近。

計畫很美好，但高溫是很殘酷的。

熱辣的陽光毫不留情灑下，曬得路上行人下意識尋找有陰影的地方遮蔽。

柏油路面好似冒出騰騰熱氣，氤氳遠方景象。

「熱死啦……」並肩行走的柯維安和雁子異口同聲哀嚷，兩人還不約而同地做出了搧風的動作。

但別說散熱了，這只會讓手變痠。

耐不住青蘿市氣溫的兩人對望一眼，二話不說地拔腿衝向前方離他們最近的便利超商。

感應門開啓，涼爽的冷氣迎面而來，吹散了纏繞在他們身周的黏熱感。

超商外日頭正大，店內尚有空位，柯維安和雁子果斷決定先在這裡窩一陣。

「要喝咖啡嗎？我請客。」雁子把背包放在椅子上，拿起錢包。

「謝謝人美又心善的雁子姊姊。」柯維安嘴甜地道謝，「冰拿鐵就可以了。」

「哎呀，這話可以多說幾次。」被可愛小男生喊姊姊，這種滋味雁子難以抵抗，「平常都是聽我姪子他們喊小姑姑的。」

「好的，姊姊。沒問題的，姊姊。」柯維安笑嘻嘻地說。

雁子很快拿著兩杯冰拿鐵回來，「等等就不跟你逛了，年紀大了，體力差，也受不了這天氣。」

「雁子姊明明就很年輕，看起來和我同學差不多。」柯維安嘴上抹蜜地吹捧。

「還好你不是說跟你差不多。哈哈哈，你那張臉嫩到就像國中生。」雁子被逗笑。

她喝了口咖啡，看了眼窗外燦爛到刺眼的陽光，打算晚點直接叫車回旅館，省得還要被太陽曬。

沒錯，成熟的大人就該奢侈地坐計程車！

「雁子姊，所以『霸道碟仙』的結局能不能稍微透露？」柯維安搓搓手，不死心地再次打探。

「真的不行。」雁子語重心長地說，「這個保密協定很厲害的，可以讓我說不出結局，所以真的不是我故意不說。」

「聽起來跟詛咒差不多了吧，這協定……」柯維安喃喃地說，但也沒再對電影結局窮追猛問。

不管雁子的話誇大了多少倍，但顯然那個保密協定相當嚴苛，才會讓她緊守口風。

咖啡才喝到一半，柯維安的手機就傳來震動。他點開一看，發現是黑令傳訊息過來，問他人在哪，他們快到青蘿第二美術館了。

「這麼快？」柯維安反射性吃驚喊出。

「怎麼啦？怎麼啦？碰到什麼問題了嗎？」雁子關心問道。

「我妹妹和朋友快到青蘿市了，我去接他們。」柯維安語速飛快地交代，「不好意思啊，雁子姊，那我先……」

「你去吧，我等等會先回旅館休息。」雁子搖搖手。

柯維安一鼓作氣地喝完剩下的咖啡，把杯子扔到回收筒後便一個箭步衝出超商，差點又被撲來的一陣熱風逼回去。

「媽啊，青蘿也太熱了吧……」柯維安苦著臉，可想想即將見面的妹妹——黑令只是附帶，一點也不重要——他咬著牙，義無反顧地踏上征途，一路跑回美術館外。

巨幅的旗子掛在柱子上，每一面都介紹著這時期在美術館裡舉辦的展會，其中兩幅正是幽魂展和觸手展。

柯維安一路跑到美術館大門，才猛然想起他們的會面點是在美術館附近的織女廟。

「啊靠，記錯了！」柯維安懊惱地一掌拍上額頭，只能認命地重新跑向目的地。

織女廟離美術館不會太遠，但柯維安已經跑了一段路，現在又來一段，更不用說他早上還拍了幾小時的戲。他體力本就不算好，早已是上氣不接下氣。

但這完全不妨礙柯維安邊跑邊在內心痛罵黑令，要不是對方執意約在那，他也不用跑得這麼累。

當柯維安終於抵達織女廟，他氣喘吁吁，感覺胸腔灼熱得像要爆炸。頭頂上陽光熾烈，曬得他直冒汗，衣服背後都被染出濕印，額頭也掛著汗珠。

他慶幸自己包裡還有一瓶水，急忙先灌了好幾大口才稍微恢復元氣。

織女廟藏身在不起眼的清幽小巷，要不是有導航，柯維安可能還得花上一點時間才找得到。

或許因爲中午正熱，此時織女廟附近沒看見什麼人，設立在外的天公爐還插著未燃完的幾炷線香。

柯維安找了處有陰影的角落，掏出手機，直接撥了語音電話出去。

「喂喂？你們現在到哪了？下車了嗎？我在織女廟這邊了，反正你們一到就能看見我，目標很明顯的。」

「眞的？不會太矮？」黑令無論何時說話都是這麼慢吞吞的，還很氣人。

「你才矮！你全家都矮！」柯維安惱火地跳腳。

「我全家，都很高。」黑令據實道，「我最高。」

柯維安被噎得一時擠不出話，直到他聽見手機裡傳出童稚的喊聲。

「哥哥。」

「啊啊啊，小芍音！」柯維安頓時把對黑令的氣憤拋到腦後，語氣高亢興奮，「我想死妳了啊！都說一日不見如隔三秋，我們這大概都隔十幾年沒見了！」

「沒有很多個三秋，才剛見面。」符芍音在電話裡嚴謹糾正。

「哎呀，起碼好幾個三秋有了嘛。」柯維安摀著胸，覺得那一板一眼的反駁眞是太可愛，「你們到了嗎？看到我了嗎？」

「還沒。」電話又換成黑令，「快了。你站原地，不要亂跑，免得走丟。」

「要我說多少次，我年紀比你大！」反正周圍沒人，柯維安也不客氣地扯著嗓子怒吼。

「嗯，但比我矮。」黑令平平淡淡地補了一刀。

要不是顧忌黑令旁邊還有符芍音，柯維安怕自己要原地表演變身噴火龍了。他緊握著手機，拚命深呼吸，總算壓下直衝上來的火氣。

「我們到織女廟了。」黑令忽然說。

柯維安隨即被轉移注意力，緊盯巷口方向，連黑令說他矮都先不計較了，「在哪？在哪？我怎麼沒看到你們？」

「你進來廟裡就會看到。」黑令又道。

「啥啥啥？你說啥？」柯維安肯定自己沒聽錯，那麼就是黑令說錯了，「你是腦袋被曬昏了嗎？」

「沒昏，也沒被曬。進來。」黑令簡潔有力地交代。

柯維安這下確定黑令絕對是被曬暈了。織女廟就在巷子底，出入口只有一個，他可是一直站在原地，任何人車經過他都不可能忽略的。

明明稍早前黑令親口說他們快到了，現在則是說他們在廟裡……這怎麼可能？除非他們能瞬間移動。

抱持著濃濃疑惑，柯維安還是轉身走進織女廟。

果然，裡面根本沒有人。

不知道是不是戶外陽光過亮，反而襯得廟內有些陰暗，盤踞在角落的幽暗好像在彰顯存在，空氣也比外頭低了好幾度。

溫差一下太大，讓柯維安不禁搓搓手臂。

正殿中央供奉著主神織女，神像戴著華麗的頭冠，臉部卻是覆著一條金色面紗，讓人無法窺見神明的真容。

柯維安愣了一下，他還是第一次看見廟裡的主神遮臉，正要上前觀看仔細，握在手中的手機倏地又傳來黑令的聲音。

「要過去了。」

什麼？過去哪裡？柯維安的疑問來不及問出口，眼角餘光已瞥見左後光芒閃耀。

柯維安一驚，連忙回過身。只見本該空無一物的地方赫然冒出一個大型黑洞，邊緣還閃爍著金光，乍看下有如空中無端裂出一個窟窿。

「這什麼……」柯維安雙眼越瞪越大，緊接著他目睹一抹嬌小人影從黑洞裡敏捷躍出，落進他的視野中。

那是一名宛如洋娃娃精緻的小女孩，髮絲和膚色都白得像雪，一雙大大的眼睛鮮紅如寶石。她穿著花邊繁複的雪白洋裝，紮綁在腦袋側邊的長長馬尾及紅色髮帶隨著動作輕快搖晃。

「小小小——小芍音！」柯維安大吃一驚，不敢置信地看著小跑步來到自己面前的妹妹，又忍不住直往她身後的黑洞看。

第二道身影從那個黑黝黝的洞口中出現了。

手長腳長的黑衣青年從洞內抬腳跨出，他個子高得驚人，尤其與符芍音一比，猶如從巨人國走出來的。

黑令還是穿著那件黑色連帽外套，兜帽拉起，蓋住他的灰髮，帽緣帶來的陰影讓他的眉眼更顯深邃。

他的五官其實給人一種壓迫感，不過臉上慵懶的表情又讓他少了幾分攻擊性。

黑洞在吐出一大一小後，眨眼便消失蹤影，如同一開始就不曾存在。

柯維安還是維持著嘴巴開開的模樣。

他是喜歡不可思議沒錯，但看到自己妹妹跟朋友從一個平空生出的黑洞裡出現……

這也太不可思議了吧！

根本就是超級不可思議！

「看到好朋友太高興，傻了嗎？」黑令在眼神發直的柯維安面前揮揮手。

「誰傻了？而且我才不會因為看到你高興咧！」柯維安瞬間回神，嫌棄地揮開那隻手，「你們到底是怎麼……」

柯維安往前跑了幾步，來到剛才黑洞出現的位置。他伸長了手在空中揮劃一抹，什麼也沒碰到。

「小芍音。」柯維安急急再回過頭，「妳從那個奇怪的洞裡出來，沒受傷吧？沒掉一根頭髮吧？」

「人一天會掉……」黑令決定重新為他的朋友科普一次。

「謝謝，你不用開口了，等我需要你的時候再說話！」柯維安果斷截去黑令未竟的話語，轉頭面向符芍音時又是完全不同的臉孔，「小芍音啊，跟哥哥說，你們為什麼會從黑洞裡出來？你們不是應該搭計程車，然後在織女廟外面的巷口下車嗎？」

「不是織女廟。」符芍音認真地說。

柯維安被搞迷糊了，「怎麼不是？這裡明明就是啊，外面還寫著織女廟。妳看這裡還祭祀著織女呢。」

柯維安搭著符芍音的肩，抬手比向正殿中央那尊覆著金紗的神像。

「不是。」符芍音堅定地搖搖頭，「哥哥看仔細。」

柯維安素來最聽妹妹的話，縱使心裡尚有諸多疑問，還是一步步朝供奉神像的神龕走去。

蓋著神像整張臉的金紗不透光，想看清面容，就只有掀起金紗這個方法。

這舉動對神明來說相當不敬，不管金紗後的神像究竟是不是織女，柯維安下意識就想雙手合十先拜一拜，為待會的冒犯預先道歉。

一雙小手阻止柯維安的動作。

符芍音不知何時也跟過來，她的手放在柯維安的手腕上，對他搖搖頭，「不求。」

「我沒有要求。」柯維安解釋著，「我只是想先跟神……」

「不跟偽神，製造連繫。」符芍音抬高臉，鮮紅色的眸子瞬也不瞬地瞅著柯維安。

對方的眼神跟語氣都太過篤定，讓柯維安不由得產生一絲動搖。他收回手，望著高放在上的神像數秒，接著大步一邁，毅然決然地揭開面紗。

面紗下是一張凹陷的臉。

就像一個暗紅色、塗滿鮮血的凹洞。

視線觸及神像的剎那，柯維安頭皮都要炸了。他就像被燙到般飛速收回手，攬著符芍音二話不說地遠離那駭人的雕像。

「靠靠靠！那是什麼鬼東西！」

柯維安敢用黑令的頭髮發誓，織女的神像絕對不長這樣的。

織女大人可是……

柯維安的思緒霍地停滯一瞬，他爲什麼會喊織女爲大人？而且爲什麼他的腦中忽然浮現一張超萌、超可愛，和他家小芍音不分軒輊的臉？

雖然畫面有點模糊，可單從顯現的五官輪廓，他敢大聲說：這是絕世小天使啊！

柯維安不自覺喊了出來，被他搭著肩膀的白髮小女孩也默默地從他手下掙出，與他拉開了一大段距離。

黑令想了想，往前替補上去。身爲柯維安的心靈之友，這時候不能選擇退縮。

不過黑令還是真心地給出一句評論，「你的喜好，真怪。」

「媽呀！爲什麼小芍音會變成巨大倉鼠星人！」柯維安倒抽一口氣。

「小矮子在那，我在這。」黑令沉吟一會，「怕你……孤單寂寞冷？」

「我謝謝你喔。」柯維安往旁跨一步，用行動表示他才不需要這份友情支持，「那尊……雕像是怎麼回事？這裡不是織女廟嗎？你們又爲什麼好像都知道？」

越是回想黑令從昨夜到今天的態度，柯維安越覺得對方處處透露出古怪。織女廟的神像都能變得活像是怪物模型了，那這傢伙是眞的黑令吧？

質疑才像火苗竄出，就被柯維安一把摁熄了。

能夠讓自己那麼火大的人，百分之百是黑令，不可能調包。

至於符芍音，柯維安從頭到尾都沒懷疑過，畢竟全天下也只有他妹妹能這麼可愛。

「那是什麼，不知道。」黑令不曉得自己曾被短暫當成了嫌疑犯，就算知道了也不會在意，他還是那副慵慵的模樣，「你問它。」

「問……」柯維安下意識順著黑令指的方向望去，本來盤踞在舌尖上的「誰」字頓時被驚得滑回肚子裡。

黑令指的正是神龕內那尊神像。

而會讓柯維安面露驚恐的原因是——金紗出現了凹凹凸凸的波紋，彷彿底下有活物在瘋狂蠕動。

下一剎那，金紗被無數疾影大力撞開，有東西爭先恐後地自神像凹陷的臉部深處鑽湧出來。

「呀啊啊啊啊——」一併湧出的還有柯維安的慘叫，從神像臉部跑出來的東西實在太嚇人了。

觸手。

很多很多的觸手。

還是糾結在一起、表面有無數疣狀物跟黏液的那種觸手！

「根本是讓人掉SAN值啊，這玩意！」柯維安慘叫之餘不忘拉著符芍音想往廟外跑，「小芍音快逃，黑令你也動啊！」

柯維安就算再如何對不可思議感興趣，但這種一副就想把人纏起來玩觸手PLAY的恐怖東西，他是完全不想跟它們有任何接觸的。

更何況他也不認爲憑自己的破爛體力，有辦法對抗這些戰鬥力一看就很高的觸手。

柯維安一心只想拉著妹妹逃跑，不料被他拉住的人反而使勁地站在原地不動。

「小芍音？」柯維安錯愕回頭，雙眼內同時倒映出觸手狂舞逼近的驚悚景象。

只要再幾秒，那些觸手就會碰到符芍音的後腦了。

柯維安瞳孔收縮，一時無法思考，身體比大腦還要快一步地行動。

他猛力朝符芍音撲去，想把人護在自己身下，無論如何都不能讓他最重要的妹妹受到丁點傷害。

可萬萬沒想到，他的雙腳剛離地又被強勢按壓回去。

「別動，看。」黑令揪著柯維安的後領，輕鬆把人留在原地。彷彿沒看見柯維安目眥欲裂的表情，他朝符芍音微抬下巴，「小矮子，妳來。」

「以後，會很高，比你高。」冷靜的童聲逸入空氣中的同時，符芍音的身影已如閃電疾掠出去，「兵武，現。」

柯維安臉上的驚恐轉瞬變爲目瞪口呆，他甚至忍不住揉揉眼，懷疑自己是不是看錯了。不然怎會看到符芍音手裡忽地出現一把巨大的斬馬刀，森冷刀鋒迅雷不及掩耳地朝著衝上的觸手群斬下。

一刀——兩斷！

多條觸手掉落在地，像是被切開的蚯蚓蠕動了幾下，才總算沒有動靜。

被削去前端的觸手像是被這一刀給嚇住，來勢洶洶的勁頭消失了。它們停在半空中，看上去對於是否再進攻顯得有些遲疑。

「我在作夢嗎？」柯維安喃喃地說，下一秒他大叫出聲，「好痛！」

「會痛，不是夢。要再來一次？」黑令願意體貼地再出借手指，幫忙用力捏柯維安的臉頰一把。

「捏你自己啦，王八蛋！」柯維安摀著估計已經發紅的臉頰，惡狠狠地厲了黑令一眼，隨後趕緊跑到符芍音身邊，「小芍音，妳沒事吧？我們還是趁機快點……」

「哥哥，換你了。」符芍音說。

一向自認思維靈敏的柯維安，這一刻卻跟不上符芍音的節奏。還沒等他困惑地擠出音節，他已感覺自己的背上貼了一隻小手。

然後符芍音將他往前用力一推。

「哥哥，打開筆電。」

柯維安大腦一片空白，幾乎是一個口令一個動作。他抽出包裡的筆電，掀開上蓋，暗下的螢幕立時亮起，冷白色的光芒照亮了他的眼。

柯維安不知道自己的身體爲什麼會做出這些動作——他看見自己舉起手，手指沒有一絲猶豫地朝著筆電螢幕探進去。

而他的腦中居然連「會撞到」這個念頭都沒有閃現。

鬈髮男孩的指尖一觸及螢幕，圈圈漣漪朝外擴散，本該堅硬的存在竟如柔軟水面，將五根手指吞吃進去。

與此同時，柯維安被劉海遮住的前額浮上金紋，轉眼勾勒出肖似第三隻眼的花紋。

這一切都在頃刻間發生。

而觸手們也有了動作。

似乎是覺得被推向它們的鬈髮男孩不足爲懼，本來被符芍音的斬馬刀震懾得裹足不前的多根觸手捲土重來，盯上了獵物的四肢和身軀。

觸手大幅縮短與柯維安的距離，只要再幾個眨眼，就能成功絞緊目標。

柯維安還是單手捧著筆電不動。

「哥哥！」饒是再怎麼穩重，符芍音也忍不住爲面前景象心頭一緊，握著刀柄的手指收緊，膝蓋微彎，擺出隨時都能衝上前援助的姿勢。

黑令的反應直白粗暴多了，「這時候，該拿出變態的力量。」

「誰變態——這明明就是紳士的力量啊！」隨著這聲氣勢高昂的吶喊如落雷劈下，柯維安探入螢幕裡的手臂飛也似抽出。

一柄吸滿金豔墨水的巨大毛筆「唰」地出現，飛濺的金墨不偏不倚全甩向那些襲來的觸手，猶如朵朵焰花挾帶高溫，將它們燙得滋滋作響。

冷不防落下的刺痛讓觸手反射性往後縮退，柯維安沒錯過這絕佳的空檔，「接住我的心肝！」

筆電一拋向黑令，柯維安立即緊握毛筆，在石灰地板上留下一串凌亂字跡。

當最後一筆豪氣地勾勒完成，觸手們也再次撲了過來。

「好啦，你們這群醜八怪，讓你們見識新招式的時間到啦！亂華——」柯維安咧開挑釁的笑容，毛筆筆尖再次重重往地面一摁，「突刺！」

說時遲、那時快，字串上爆發出燦爛金光。它們層層疊疊，宛如無數盛綻的花朵，外表絢爛，可每絲光芒都鋒利如刀劍。

面對觸手襲來，耀眼金光以狂風暴雨之姿不留情地展開一場蹂躪。

觸手像被捲進高速的榨汁機，成爲淒慘的碎片不停地往四面八方飛出。

柯維安認爲這幅畫面會嚇到小孩子，將符芍音往黑令一推，「小芍音到那邊，擋著眼睛別看。這些玩意太醜太傷眼了，盯久會作惡夢的。」

符芍音聽話地站在黑令身旁，伸手擋在眼睛前，只不過指間縫隙張得非常大。

「要擋著。」黑令替朋友重述一遍。

「有擋。」符芍音理直氣壯地說。

柯維安轉身面對被金光殘暴碾壓的那群觸手，沒有因此放鬆戒備。他瞇細眼，在撩亂的金光與觸手交會中找到一條能讓自己闖過去的路線。

下一秒，柯維安發揮他的短程爆發力，像道靈敏旋風穿梭在掙扎扭動的觸手之間。

目標不是別的，正是高坐在神龕上的那尊神像！

柯維安瞳眸倒映出和觸手根部相連的神像，他高舉毛筆，如同揮舞鐮刀般猛力往下一揮。

染著金墨的筆尖此時猶如化成了銳利的武器。

一筆，兩斷！

頂著神冠的雕像腦袋從脖子上分離，骨碌骨碌地從高處滾下來。所有觸手就像是被剪斷引線的木偶，接二連三地摔落在地板上。一時間，「啪啪啪」的聲音不絕於耳。

等廟內重歸平靜，那些靜靜橫躺於地的觸手一根根化成了煙霧，消失在柯維安三人的視野內。

就連那顆連著觸手根部的頭像，也化成煙霧不見了。

最末，神龕裡只留下一尊無頭雕像。

「哥哥，棒。」符芍音立刻捧場地拍著手，還不忘仰頭看黑令一眼。那張面無表情的小臉如同在質疑既然身為哥哥的好友，怎麼能不跟著一起拍？

黑令舉起兩隻手，隨後好似覺得這樣太累，只用兩根食指輕輕碰幾下，充當一回友情的鼓勵。

柯維安才不在乎黑令有沒有拍手，符芍音的稱讚讓他心裡就像打了一針興奮劑。對，這股振奮只有反應在心靈上，他的肉體實在超過負荷了。

柯維安的雙腿就像軟麵條，再也支撐不住重量，一屁股跌坐在硬邦邦的地板上。

「哥哥！」符芍音吃了一驚，三兩步跑到柯維安面前，眼裡是藏不住的擔憂，「沒力了？」

「哈哈哈，眞的沒力了……」柯維安有氣無力地扯出微笑，整個人被徹底掏空，「剛那招是師父新教的，但太吃體力……小芍音妳扶我一下。」

「我扶。」黑令像拎小雞似地把柯維安從地上抓起。

「你那叫扶嗎！」柯維安憤怒的力氣還是有的。

「小矮子很矮，你想把她壓更矮？」黑令沒鬆手，但換了姿勢，確實像是攙扶了。

「不怕，不會矮。」符芍音信心滿滿地說。

雖然很想和妹妹有多點接觸，但黑令的話讓柯維安猶豫片刻，最終還是不客氣地將重量壓到黑令那方。

「剛剛到底是怎麼回事？現在你們能告訴我了吧。織女廟變得不是織女廟，還有那麼多觸手……」思及先前那些觸手黏膩噁心的樣子，柯維安打了個哆嗦，「我總覺得很多地方很奇怪，爲什麼我會跑來拍戲？還有還有……」

「沒完全想起來?」符芍音這句話是問向黑令。

「嗯。」黑令低頭望了喋喋不休的柯維安一眼,「你站好,別動。」

柯維安不明所以,但依舊照黑令說的穩住身子,手還搭在黑令的手臂上,免得一時腿軟在妹妹面前摔了個四腳朝天,那就太丟臉了。

待柯維安面向自己站定,黑令又說,「你閉眼。」

「啊啊啊?你是要幹啥啊?」柯維安的疑問如泡泡成堆湧上,「你不講清楚我就不閉上,萬一你趁機在我臉上畫烏龜怎麼辦?我可是靠臉吃飯的!」

「不閉就算了。」黑令也不強迫,直接猛地朝柯維安就是一記頭鎚攻擊。

劇烈的疼痛在柯維安前額炸開,緊接著痛楚蔓延到整個頭部,眼前像有無數金星旋轉。

與此同時,他的腦中像有大風吹過,一口氣將盤旋各處的迷霧吹散,那些被覆蓋住的過往鮮明顯現。

屬於柯維安的記憶頓時全部浮上……

第三章

正逢連假，繁星大學的宿舍清空了大半，男宿自然也不例外。學生們不是踏上返家的路途，就是呼朋引伴外出遊玩。

素來充滿喧囂人聲的建築物，一下變得清靜不少。

當然，還是有少部分學生選擇待在宿舍。

例如靠近大廳的一〇一寢。

木頭門板緊緊關著，從外經過只會覺得裡頭安安靜靜，似乎人都出去了，可實際上還有個男孩窩在書桌前。

整間寢室只有他一人，另外兩名室友都趁假期回老家了。

坐在桌前的男孩有一張稚氣未脫的娃娃臉，容易讓人錯估年紀。明明是大學生，卻常被人誤會是未成年，還曾有被當成國中生的經驗。

他的一頭鬈髮似乎沒特別梳理，凌亂四翹著，彷彿頂了一個鳥巢在頭上。而那雙大大的眼睛此刻盛滿著興奮的光采，瞬也不瞬地緊盯著筆電螢幕。

柯維安可是事前檢查過了，他的手機已經關機，筆電的通訊軟體也都登出，就連寢室的電話也已拿起話筒，確保接下來的時間，誰都不能打擾他的美好時光。

沒錯，誰都不能打擾他享受最新一集動畫！

這次可是會出現一位超可愛、超萌的蘿莉角色，小女生真的太棒了！

即使腦中轉的念頭讓柯維安看起來像個變態，但他其實只是單純熱愛著三歲以下的小朋友，對他們並沒有任何不軌意圖。

八歲以下其實也行，但一到三歲才是真正的好球帶。

好吧，這點似乎讓柯維安更變態了一點。

不過對他來說，他的愛可是坦率無瑕又潔白。

至於那些對小天使們抱持著糟糕想法的人就該直接拖去槍斃，一律死刑！

將擺在筆電旁的馬克杯端起，柯維安小口小口地喝著香甜的熱奶茶。隨著動畫片頭音樂響起，他眼睛驟亮，縮在椅子上的身體也跟著不自覺搖擺起來。

當大大的動畫名字躍於畫面，柯維安心中的期待也膨脹到百分之兩百。不料就在下一剎那，寢室裡幾乎快成裝飾、一學期內沒響過幾次的音箱冷不防傳出了人聲。

「管理室廣播，一〇一寢的柯維安同學，請立刻馬上到管理室櫃台前，有人找你。」

「我靠！」柯維安被嚇得差點摔了手中杯子，他連忙把馬克杯放回桌面，不敢置信地扭頭向後看。

天花板角落的音箱剛剛真的發出聲音了!?

就像要證明不是柯維安的幻覺，廣播再次響起：

「管理室廣播，一〇一寢的柯維安同學，請立刻馬上到管理室櫃台前，有人找你。」

「不是吧……到底是誰啦！」柯維安哀號一聲，就算內心有再多不甘，也只好先按下暫停鍵，停止播放動畫，「小天使，我很快就回來陪妳了……」

柯維安依依不捨地摸了下筆電螢幕，起身快步離開寢室，往大廳方向前進。

平常總是人來人往的男宿大廳在假日無比冷清，腳步聲被放得格外響亮。

柯維安一心只想快去快回，大步流星地來到管理室櫃台前，卻沒見到任何人。

柯維安困惑地東張西望，確定自己沒漏看，接著扭頭與負責值勤的男學生對上了目光。

「我是柯維安，誰找我？我沒看到人啊。」

「喔，找你的人在這。」男學生將電話話筒從窗口內遞出，「你們寢室的電話打不通，找你的人似乎又挺急，我只好用廣播的。」

不祥的預感在柯維安腦中拚命尖叫，他瞪著那支話筒，猶如面對可怕的毒蛇猛獸。

「你要不要接？」男學生舉得累了，不耐煩地催促。

柯維安吞吞口水，小心地將話筒貼近耳邊，「……喂？」

「要找你可真不容易呢，維安。」從電話另一端傳來的是和煦如春風的悅耳男聲，「你手機關機，又聯絡不上你，只好直接打來你們男宿了。」

但落進柯維安耳中，驚嚇程度不亞於有人丟了顆炸彈在他面前。

「狐狐狐……」柯維安費了好一番力氣，才把差點脫口而出的「狐狸眼」硬轉成另一個稱呼，「副會長!?」

「半小時內趕回公會吧，不接受任何拒絕，就這樣，我們待會見了。」明明是溫和的語氣，然而吐出的是不容反駁的命令。

「什……」柯維安只來得及喊出這個字，另端便已俐落掛斷電話，完全不給他抗議或追問的機會。

「什麼鬼啊……」柯維安瞪著那支發出嘟嘟聲響的話筒，喃喃地把剩下的話說完。

就算內心百般不情願，柯維安也不敢挑戰安萬里的威嚴。

比起稱作「副會長」，「黑心老狐狸」才是更貼切的形容。

柯維安鬱悶無比地扒亂頭髮，想著對方給出的半小時期限，只能用最快速度衝回寢室，把該帶的東西塞進包包，再風風火火地衝去騎車。

目的地，神使公會！

世間有神。

神使，便是神明在人間的使者。

他們會獲得神明賜予的部分力量，代替神明制裁作惡的妖怪。

而神使公會，是一個集結了各路神使，以及站在人類這方妖怪們的龐大組織，就藏身在熱鬧的銀光街裡。

這條別稱「補習街」的街道，平日擠滿自繁星市各地而來的學生。假日則是擁入大量觀光客，不管何時似乎都人聲鼎沸，停車位更是一位難求。

幸好神使公會有合作的停車場，這讓柯維安不用擔心停車問題。

不過他現在比較煩惱要怎麼穿過眼前像看不到盡頭的人潮。

簡直像是全繁星市的人都跑來這裡玩了。

等柯維安成功從人群中擠出來，只覺得整個人都要虛脫，衣服因汗水而緊黏背上。

「眞是救命……」柯維安疲累地踏上平台階梯，走向其中一棟外觀看起來陳舊的大樓。

大樓門前擺放多支顏色鮮艷的關東旗，外牆上覆滿各式補習班招牌，與左右兩側的建築物似乎沒什麼不同。

但就在柯維安踏進大門的刹那，「銀光大樓」四個字出現扭曲，轉眼變成了「神使公會」。

大樓內外更是變得和一般人眼中見到的陳舊外觀截然不同，整體的金屬灰色調給人時尚新穎的印象，空間也拓展了數倍。

柯維安一跑進神使公會的大樓，馬上引來諸多目光。

「喵喵喵！維安、維安，老大他們在等你！」一名頭頂貓耳的紅衣小男孩拉高嗓音喊道。

「在第肆會議室那邊喵！」又一名綠衣小男孩探出頭，他同樣有著一雙毛茸茸的貓耳朵，就連臉蛋都和第一位小男孩一模一樣。

「快上去、快上去，不能讓老大他們等太久喵！」第三名貓耳小男孩出現了，除了服裝顏色不同，和前兩位簡直是同一個模子印出來的。

柯維安緊急煞住腳步，扭頭看向與自己離得遠遠遠遠……還把大半身子都藏在柱子後面的三位年幼貓妖，「不是，你們幫忙通知就算了，有必要隔那麼遠的距離嗎？我又不是什麼病毒。」

「比病毒更可怕喵。」紅衣的甲乙說。

「是變態喵，老大說的。」黃衣的丙丁強調著。

「喵，要遠離變態！」綠衣的庚辛擲地有聲地說。

柯維安倒退數步，感覺自己的心要被這三個小男生傷透了，「太過分了，我明明就是紳士……是最正直不過的紳士啊！」

「好啦好啦，那位要唸作『變態』的紳士。」櫃台後的警衛放下電話話筒，「老大打來催了，說你到了就趕緊滾上去，別浪費時間，不然你就死定了。我只是原話轉達，絕對沒有任何加油添醋或誇大。」

「噫！」柯維安打了一個哆嗦，連忙趕去第肆會議室。

站在會議室緊閉的大門前，柯維安做了好幾次深呼吸，才終於鼓起勇氣敲敲門板。

「進來。」門後響起先前打電話到男宿的溫雅男聲。

柯維安打開門，待看清會議室內的景象，立刻又迅速地用力關上，活像是見到某種地獄之景。

「滾進來。」又一道青稚童聲自門後飄出，挾帶凌厲的威壓。

柯維安只好收回想往電梯方向邁出的腿，耷拉著肩膀，可憐兮兮地重新推門走入。

寬敞的會議室裡或坐或站著三個人。

把雙腿大剌剌擱在會議桌上的是一名黑髮小男孩，金黃的眼瞳像是陽光碎片跌入其中。他五官稚嫩，可光坐在那裡不動，就散發出驚人的氣勢。

站在桌前的長髮女性梳著俐落的高馬尾，長長的髮絲垂散在身後，末端染著縷縷金豔。褐色的肌膚上攀繞著刺青般的暗青花紋，一雙鳳眼正似笑非笑地睨著柯維安。

而離門最近的，便是打電話給柯維安的年輕男人。戴著一副細框眼鏡，面容俊雅，嘴角噙著淺淺的笑意，給人好親近的溫和印象。

「老大、師父、副會長……」柯維安像被掐著脖子，發出了有氣無力的呻吟。

他還以爲自己要面對的只有神使公會的會長跟副會長，可爲什麼連他的師父，文昌帝君也出現在這裡！

公會的三巨頭究竟爲什麼齊聚一室？

這很不妙吧，絕對是大大的不妙啊！

要不是柯維安沒有那個膽子，他早就果斷拔腿落跑了。

告訴自己不要慫，態度硬起來，柯維安決定抬頭挺胸，然後語氣卑微地詢問，「請問三位大佬找我過來有什麼事嗎？」

「本大爺沒事找你。」胡十炎哼笑一聲，態度漫不經心。

「我也沒事找你，維安小子。」張亞紫懶洋洋地說道。

「至於我……」安萬里在柯維安的注視下，給出否定答案，「也不是要找你的人。」

「……啊？」柯維安先是呆若木雞，緊接著爆出一串不敢置信的大叫，「啊啊啊啊啊？」

「太吵了呢，維安。」安萬里抬起手，數面光壁平空升起，將噪音來源的柯維安關在裡面，也讓會議室獲得了清靜。

柯維安被關在結界裡，氣得直跳腳，但聲音又傳不出去，只能比手畫腳，表明自己會降低音量，這才終於被放出來。

「你們這是在玩誰啦！」柯維安用氣聲抱怨。

「大聲點，是沒吃飯嗎？」胡十炎掀了下眼皮。

「靠，你們很難伺候耶！」柯維安恢復了一般說話音量，「老大跟狐狸眼的就算了，怎麼連師父都這樣？太閒你們去玩公會裡的其他人嘛，害我還白白耽誤了美妙的動畫時光，熱騰騰的蘿莉新番還在等著我看耶！」

雖說被白白耍弄一番很不爽，可既然警報解除，柯維安也不禁鬆懈下來。他走到長桌前，盯上了那盤擺在桌上、看起來很好吃的巧克力甜甜圈。

最上面的甜甜圈還撒滿繽紛的彩色巧克力米，和其他甜甜圈比起來，特別引人食指大動。

柯維安想也不想地拿起那個花俏的甜甜圈，正要往嘴裡一送，就聽見張亞紫慢條斯理地說：

「不是我們找你，不代表就沒人找你哪，眞的是呆子徒弟呢。」

「初次見面，你好。」下一秒，細細的說話聲飄入柯維安耳中。

柯維安一愣，甜甜圈也停在半空中。他驚疑地四下探望，只是不管怎麼看，都沒發現會議室裡還有第五人。

「誰？誰在說話？」柯維安找了一圈沒找到人，把目光投向公會的三巨頭，「老大，你們還找了誰過來？爲什麼我啥也沒看到？」

「你都拿起它了，再沒看到就是你眼睛瞎了吧。」胡十炎將椅子往後傾，以一種危險，但又維持著巧妙平衡的方式坐著。

「我拿著……拿著……」柯維安下意識往自己左手看去，他正拿著一個甜甜圈。

還是一樣裹著濃濃的巧克力，撒著繽紛的巧克力米——差別在於它現在長出了眼睛和嘴巴。

那雙水汪汪的粉紅眼睛正瞅著柯維安不放，那張嘴巴則再次冒出那道細細的嗓音。

「你是柯維安嗎？我是甜甜丸，是從甜得要命星球過來的。希望你能幫幫我，幫我找回被偷走的厄夢之書。」

柯維安眼神發直地盯了好幾秒，才猛然反應過來眼前發生了什麼事。

「媽啊！甜甜圈說話了！」

柯維安嚇得手一抖，把甜甜圈往桌上扔，隨後就目睹甜甜圈長出一雙腳的畫面。

「這什麼獵奇甜甜圈！」柯維安躲到張亞紫背後，覺得自己短時間內對甜甜圈這種食物有陰影了，「師父，這到底是什麼玩意？它剛剛是不是說了……星球？我肯定聽錯了吧，這個獵奇甜甜圈不會是外星人吧！」

「你這樣太沒禮貌了，維安，怎麼能對宇宙來的朋友那麼粗魯？」安萬里給予不贊同的目光，「要對人溫柔點。」

「副會長你摸著你的良心，那東西可以稱作人嗎？」柯維安都要懷疑安萬里的眼睛瞎了。

「別傻了，這老傢伙哪來良心這種東西？」胡十炎嘴角勾起嘲諷的弧度。

不，我覺得老大你好像也沒資格講這種話……這句吐槽柯維安只敢放在心裡，嘴巴上是絕對不敢講的。

他又不是傻了想找死。

「出來，別躲到我後面，拿出點男子漢的氣概。」張亞紫斜瞄著從自己身後探出一顆腦袋的徒弟，「還是你想被我踢屁股？」

柯維安火速以行動表明他一點也不想。踢下去，他可是會從會議室的頭飛到尾。

一開始的驚嚇過去，柯維安的好奇心迅速增長出來。他從記憶裡扒出方才聽到的幾個字眼：宇宙來的朋友、甜得要命星球，頓時確認了那個甜甜丸的身分。

這是一個……外星甜甜圈！

外星甜甜圈是來尋求神使公會幫助的。

它自稱是甜甜丸，家鄉在甜得要命星球，特地前來地球是爲了抓偷了它傳家寶「厄夢之書」的小偷。

小偷不是別人，正是它的堂妹，甜甜餅。

甜甜丸察覺到甜甜餅的氣息就在繁星市，而神使公會散發出一種只有甜得要命星人才能分辨的善良顏色。

因此甜甜丸便主動找上神使公會，希望公會的人能協助它抓到小偷，找回被竊的傳家寶。

前因後果柯維安大致理解了，但更多的混亂和疑惑如浪濤拍上他的臉。

「等等……等等等等！」看久了，柯維安也不覺得甜甜丸獵奇了，他現在更想先弄清楚一件事，「爲什麼你們……接受得那麼良好啊？妖怪也相信外星人嗎？」

「這麼說吧，外星人是科學，妖怪是玄學。」解釋的人是安萬里，他推推眼鏡，語氣滿是眞心誠意，「維安，你都相信玄學了，爲什麼不相信科學呢？要知道，玄學的盡頭就是科學，做人要相信科學呢。」

柯維安看著面前一點也不科學的兩名妖怪和一位神明，覺得安萬里這話實在沒什麼說服力。

「唔，所以這跟你們叫我過來這裡……」柯維安比比自己，再比向甜甜丸，「跟它有關係？」

「甜甜丸有個奇特能力，就當作是預知或占卜吧。」張亞紫抱著雙臂，悠閒地說，「它看見四個人名，經過我們的解讀，發現還都是跟公會有關的人。而這四人的波長和甜得要命星人接近，換句話說，就是能對這星球的人造成實質上的傷害，如此一來要抓到小偷就不是難事。」

柯維安懂了，「其中一個人就是我，那另外三個……」

「一個是宮一刻。」胡十炎漫不經心地出聲，「只是他回老家去了，身為貼心又關懷下屬的公會會長，本大爺覺得還是要溫柔對待他，就不把他叫回來了。」

「難道我就不須要被溫柔對待嗎！」柯維安沉痛抗議。

在場的兩名大妖和一名神祇分別用嗤笑、微笑和似笑非笑，來表明柯維安不需要那種東西。

柯維安摀著被傷透的心連退多步，眼看他都退到門邊、手都要碰上門把了，卻在下一瞬摸到一把黏稠液體。

「噫！」柯維安忙不迭抽回手，看見手掌上是黏膩的巧克力。他大吃一驚，猛地扭過頭，可不論門板或門把，都一片乾淨。

「契約達成了，我們可以一起行動了。」甜甜丸的聲音剛在柯維安耳邊浮現，一個巧克力甜甜圈同時也從他手中平空出現，「維安、維安，我們現在就去抓小偷吧。」

柯維安滿臉震驚，「師父，妳就眞的看我這樣被強買強賣嗎？我的人權呢？爲什麼我突然就跟一個外星甜甜圈簽契約了！」

「因爲你浪費太多時間在回憶殺了，該節省一下篇幅。」張亞紫揮揮手，像在驅趕著人，「快去吧，甜甜丸會帶你到有厄夢之書氣息的地方，另外兩人也會在那邊跟你們會合。」

「走吧、走吧。」甜甜丸身上忽然張開一雙像蘸滿巧克力醬的大翅膀，眨眼將柯維安包圍其中，「我們馬上出發！」

「再等一下啊！」柯維安奮力從翅膀空隙探出頭，試圖爲自己爭取情報，「好歹告訴我要跟我搭檔的另外兩人是誰，讓我做個心理準備吧！」

「那怎麼行，這樣就沒有驚嚇……唔，我是說驚喜了。」安萬里揚起最親切的笑容，「維安，一路順風喔。」

「不要以爲我沒聽見你說了『驚嚇』兩個字，你這個可惡的狐狸眼——」既然都要被帶走了，柯維安說什麼都要把自己的怨念發洩出來。

下一秒，翅膀密密實實地把人包裹起來，連帶把柯維安的腦袋用力向後推擠。

接下來，柯維安就不知道發生什麼事了。

他感覺雙腳騰空，整個人像待在滾筒式洗衣機裡，還是按下啓動鍵的那種。

轉呀轉地，轉到似乎內臟要從嘴巴裡噴出來。

幸好就在柯維安覺得似乎眞的有東西要從嘴裡跑出來之際，他的雙腳又重新踩在堅硬的地面。

碩大的翅膀「唰」的一聲收起，柯維安重見光明。

陽光相當扎眼，刺得柯維安急忙用手遮擋在眼前，他朝左右張望一會，發現自己站在一幢佔地廣大的潔白建築物前。

與一般中規中矩的長方形不同，這幢白色建築物乍看下有如多塊積木堆疊，高大的彩色旗幟林立在戶外平台邊緣，迎風颯颯飄揚。

周圍人來人往，但沒人察覺這處角落有異狀。

沒人看見柯維安的肩膀上停著一個長有雙腳的巧克力甜甜圈。

柯維安很快反應過來他們在哪了，這裡是繁星第二美術館的外面。

「厄夢之書在這裡？在美術館？」柯維安驚訝地瞥向肩頭的甜甜丸。

「原來這裡是人類的美術館啊，那會有很多甜甜圈跟觸手嗎？」甜甜丸興奮地問。

「誰家的美術館會有這種……」柯維安頓了一下，摸摸下巴，「不，這也難說……畢竟正常人難以理解的東西往往被稱爲藝術，說不定某個展還眞的會有。」

「哇！好期待！那它們也會啪啪啪地用力抽打玻璃跟遊客對不對？」甜甜丸的眼睛更亮了。

「不，這個絕對不會有的。」柯維安斬釘截鐵地說。有的話就不叫美術館，而是恐怖片了。

「我感覺到厄夢之書在你們人類的美術館裡，就是這個白白的大屋子。」甜甜丸爲柯維安指路，「另外兩個幫手也在裡面，快點、快點！」

要進去美術館，就得買門票。柯維安跟售票口要了張收據，向公會報公帳這種事情，他絕對不會忘記的。

誰都別想傷害他弱小又可憐的錢包！

走進偌大的建築物裡，立刻感受到涼爽的冷氣吹來，吹散了殘留在身上的炙熱。

照著甜甜丸的指示，柯維安搭手扶梯上樓。

「兩個幫手、兩個幫手……」柯維安一路唸唸有詞，思索著他這回任務的搭檔究竟是誰。

能夠讓安萬里說出「驚嚇」兩字，估計是平常跟他合不來的。

「不是吧……不會是曲九江吧。」想到室友A，柯維安一張娃娃臉忍不住皺起來，「甜甜丸，另外兩人，一個是叫曲九江嗎？」

「嗯嗯嗯？我不知道。」甜甜丸眨巴著一雙水汪汪的眼睛，「我感知到的名字是用我們甜得要命星球的母語發音的，你們公會的人再幫忙轉譯。我不曉得轉譯後是叫什麼，反正等等見到人就知道了嘛。」

疑惑無法馬上得到解答，讓柯維安的一顆心像是有貓爪子在撓癢。

然而等柯維安來到二樓，佇立在前方空地的一道人影讓心口處的爪子瞬間不動了，連帶他的心臟差點也要跟著停了。

沒有曲九江。

但這時候柯維安還寧願自己能見到那名顧人怨的室友A。

「靠喔，這哪是驚嚇……」柯維安虛弱地說，「這分明是驚恐了吧……」

讓柯維安深感驚恐的那人穿著漆黑的連帽外套，灰色的髮絲從兜帽內跑出幾絡。他個子高得驚人，一雙長腿在褲管的修飾下更顯筆直修長。

就算不看臉，光憑那模特兒般的好身材，也容易吸引來自四面八方的目光，更別說那人五官輪廓深邃俊俏。

偏偏他的存在感莫名稀薄，就好像影子一樣，縱使二樓遊客來回走動，但誰也沒有多注意他一眼。

灰髮年輕人雙手斜插口袋，眼睫垂掩，只是當柯維安的身形隨著手扶梯出現在二樓時，他就像有所察覺，抬起了一雙顏色淺灰的眼瞳。

那是一雙令人想到荒原孤狼的眼睛。

柯維安才不管那雙眼睛像什麼動物，怪不得安萬里會用那種幸災樂禍的語氣說話，他現在只想哀號一聲。

爲什麼來的人會是黑令啊！

第四章

黑令。

總是掛著寡淡表情，似乎對一切提不起興趣的灰髮青年，並非神使公會的一分子。

他是被譽爲天才，可性格極爲古怪的狩妖士，不過四捨五入一下，也算是公會的相關人士。

而這個相關，是和柯維安有關。

誰教柯維安是黑令認定的唯一好友，而他展現友情的方法，就是在柯維安碰上期中或期末考時，特地至繁星大學送上……一束白菊花。

或是很多束的白菊花。

柯維安現在只想打退堂鼓，如果搭檔是曲九江，起碼他只要忍受對方的機車難搞加嘴毒就好。

但換成黑令……

黑令的思考迴路和正常人完全是兩回事啊！

渾然不覺柯維安內心的痛苦，就算知道了也不會在意，黑令邁步向前走來，在他面前站定。

見柯維安仍是一臉崩潰的表情，黑令先在他眼前揮揮手。見他對自己的到來依然沒半點反應，他慢吞吞地問：「失憶了？不記得人了？年輕痴呆，眞讓人擔心。」

「痴呆你個大頭鬼！」柯維安總算沒忘記自己正在美術館，他壓低音量，眼刀恨不得在黑令身上戳出幾個洞，「爲什麼你會在這？拜託跟我說你只是剛好來看展覽！」

「嗯，看展覽。」黑令配合地複述了柯維安的話，然後在對方期待的注視下，把後半段話說完，「順便跟你做任務。」

如果柯維安的頭頂有雙狗狗耳朵，現在一定沮喪地垮下了。

黑令看不明白柯維安的沮喪從何而來，他在外套口袋裡掏了掏，掏出一朵綠莖被修剪得短短的黃色菊花。

「送你。」黑令將黃菊花遞向前，「下下禮拜考試加油，就算你都不及格，也不會影響我們之間的友情。」

「你現在幹的事就在摧毀友情了。」柯維安咬牙切齒，「別隨便詛咒人考試不及格，也不要再送我菊花，我又還沒掛！」

「菊花太少嗎？加罐頭塔跟花圈？」黑令解讀的方向永遠異於常人。

柯維安急促地喘著氣，再不從這話題跳開，他還沒做任務就先被黑令活活氣死了。把花塞到包包裡，柯維安扔出了新的問題，「只有你一個？另一位要一起做任務的人呢？」

「不知道，沒跟你一起？」黑令視線掃過柯維安周圍一圈，確定沒看見疑似第三名成員的人。

「嗯嗯嗯？你也不知道第三個人是誰嗎？」柯維安把鬱悶的心情先拋一邊，訝異地抬頭看向黑令。

「知道有你、外星人，另一個不知道。」黑令瞄了一眼甜甜丸，絲毫不訝異外星人居然長得像巧克力甜甜圈。

對他來說，不管外星人長得像什麼，都跟他沒有關係，他只要陪朋友做好這個任務就可以了。

「那最後一個到底是……甜甜丸，妳確定有通知到嗎？」柯維安戳戳肩膀上的甜甜圈。

「不知道呀。」甜甜丸回答得很無辜，「不是我聯絡的。」

「也是……」柯維安長嘆口氣，掏出手機，「只好問我師父了，希望她接個……」

柯維安的話還沒說完，便看到一抹隨著手扶梯上樓而進入視野的人影，一雙眼睛瞠大，嘴巴也跟著越張越大。

如果說剛才看見黑令是驚恐，現在出現的這人，帶給柯維安的就是無上狂喜了。

「小小小小……」柯維安就像跳針的唱片，只能不斷重複這個字眼。

直到那抹雪白的嬌小身影站定在柯維安面前，他再也控制不住地爆發出一陣歡呼，有努力壓抑音量的那種。

「小芍音啊啊啊啊啊！」

柯維安怎樣也沒料到，第三個同伴竟然會是他最萌、最可愛的妹妹。

國小生的符家現任家主揹著兔子包包，潔白似新雪的長髮用紅緞帶綁成一束馬尾。

她雙手握著包包肩帶，抬頭挺胸，小臉蛋上是一貫的面無表情，但紅寶石似的大眼閃爍著見到兄長的喜悅。

「小芍音我們先抱一個，別擔心，知道男女授受不親，不會眞的抱上去的。」柯維安的雙手在符芍音身周虛虛圍著，用一個空氣擁抱來撫慰自己的心靈。

或許是柯維安這樣看起來有點心酸，符芍音的兩隻手從他腋下穿過，碰上他的背，又快速收回來。

「啊，小芍音主動抱我了！」即使只有短短幾秒，也足夠柯維安回味，「有人送妳過來嗎？妳不會是獨自一個人跑來繁星市吧？」

「送我到美術館，他們先走。」符芍音解釋。

這讓柯維安放下心，「有人送就好，不然小芍音這麼可愛，半路被搶走怎麼辦？」

「搶，就打。」符芍音握緊小拳頭。

那模樣凶萌凶萌的，讓柯維安只想大呼可愛，然而目光再轉向黑令，高亢的喜悅就像被潑了一盆冷水。

對喔，還有黑令，黑令也要一起行動。

柯維安看著這人，沉默片刻，決定尋求心靈安慰。

柯維安沒收起的手機派上用場，他用著像跟螢幕有仇的力道按壓出一串號碼，等對方接通，馬上一陣壓低音量的鬼哭神號。

「小白啊啊啊啊！甜心啊啊啊啊啊！」

「三秒鐘不正常說話，老子就掛電話了。」遠在潭雅市的一刻冷酷無情地說。

「嚶嚶嚶，親愛的，我覺得我要不行了……」柯維安傷心欲絕地向心之友哭訴，即使對方從來都是向他豎起了心靈高牆，「你能不能三秒鐘內從潭雅來到繁星救救我？」

「作夢，就有可能了。」黑令從旁插話，「要我打暈你嗎？」

「你閉嘴！」柯維安摀著手機，惡狠狠瞪了黑令一眼。

一刻倒是聽出黑令的聲音，基本上能讓柯維安抓狂的也只有對方了，「你跟黑令是在……」

「老大派我做任務，搭檔是黑令……我不行，眞的不行。」柯維安向一刻賣慘。

「有黑令在，你肯定行的。」一刻的冷酷貫徹到底，「寵物會負責救飼主的。」

「等等，誰寵物？喂喂？小白？甜心？哈尼？」驚覺手機另端不再有人聲，柯維安瞪著手機，彷彿不敢置信他的心之友就這麼抛棄他，「可惡，到底誰寵物！」

黑令垂眼望著柯維安，似乎覺得身為朋友就該捧場附和一下，於是他說，「吱。」

柯維安一點也沒感到安慰，要不是還有符芍音，他只想立刻回家。

回家是暫時沒辦法的，柯維安還得和兩個小夥伴分頭尋找厄夢之書的蹤影。

厄夢之書是本血紅色的硬皮書籍，紅得就像浸泡了大量鮮血。當然事實不是那麼恐怖，甜甜丸說那只是泡太多紅絲絨糖漿而已。

總之只有波長相近的柯維安幾人和甜甜丸能夠看見那本書，普通人無法發現。

說不定偷書賊也會在發現厄夢之書的地方。沒有的話就是躲起來，或跑進書裡了。

甜甜餅身為甜甜丸的堂妹，外貌和它很像，只不過是米黃色的。

柯維安懂了，大概就是個原味甜甜圈吧。

根據甜甜丸的說法，它能感應書就在美術館裡，但無法鎖定確切位置，除非厄夢之書發動能力。

厄夢之書一旦遭到使用，就會按照使用者的願望重新拼組出一個書中世界。

不只如此，還會把鄰近的東西都投影到書裡。

倘若那地方正好有人，只要符合條件，就會被直接吸收進去，記憶和認知會被竄改，繼而把自己當成書中的住民，與許願者一起行動。

所以最好在小偷甜甜餅啓動厄夢之書前，把書搶回來。

「符合條件，是指哪些條件？」聽到連周圍無辜民眾都可能被牽連，柯維安頓覺頭痛。

「想像力豐富。」甜甜丸不假思索地說，「厄夢之書最喜歡想像力豐富的人啦，那能讓書中世界變得更精彩呢。」

柯維安不由得祈禱，在厄夢之書附近的最好都是想像力貧瘠的人。

假如阻止不了厄夢之書發動，那麼幸運沒被牽連的人就得趕緊帶著書去尋找一間最近的廟宇。藉由當地神明的力量，能夠抑止厄夢之書的干擾力，讓第二波要進入書中救援的人能不被影響，保有原本記憶。

「假設黑令被捲進去了……」柯維安毫不猶豫以黑令作爲例子，「那我跟小芍音就得趕快找到書，把書帶到最近的廟對吧。那甜甜餅會在書旁邊守著嗎？我們要怎樣才能進去書裡？」

「甜甜餅不會守著呀。」甜甜丸軟聲地說，「它打開書，也會被書吸進去的嘛。」

「啊？那它的記憶也會被改掉吧。它到底圖什麼？」

「不知道呢，我又不是甜甜餅那個笨蛋。哪，你們想被吸進書裡的話，只要拿我的巧克力米放到書上，就能成功進去了。喏，給你們一人一粒，要小心保管好，這等於是我的心臟呢。」

柯維安的手抖了一下，「心、心臟？這種重要的東西能隨便給嗎？」

「反正我很多嘛。」甜甜丸不以爲意地說。

既然當事者都這麼聲明了，柯維安把巧克力米分給黑令和符芍音，也沒忘記先查好與美術館最近的廟宇。

「我看看，最近的廟……」柯維安點出地圖，快速搜尋美術館周邊，「有了，織女廟離這最近。到時眞出問題的話，就想辦法把書帶到織女廟去。那我們就開始找吧，小芍音千萬要注意安全，一有不對勁就先來找哥哥。至於黑令，你別沒找到書，反倒先找地方睡了，聽見沒有？」

「喔。」黑令一副無精打采的模樣，慢吞吞地往右踱步過去。

「我，左邊。」符芍音攬下了另一邊的搜查任務。

左右兩邊都有人負責了，柯維安帶著甜甜丸走向中央的展覽室。

才剛走到門口附近，還沒看清這區的展覽主題是什麼，柯維安就聽見甜甜丸驚呼出聲。

「有動靜了！厄夢之書被啓動了！就在裡面，快快快！不能讓它完成啓動，不然周遭的人事物都會被拖進去的！」

停在柯維安肩上的甜甜丸身上閃過一瞬白光，接著一道女性背影出現在他前方。

「維安快點！」聲音也從原先的軟綿，變得精神十足。

要不是柯維安目擊甜甜丸大變活人的過程，恐怕都要懷疑對方是誰了。

變成人類女性的甜甜丸頭也不回，抓著柯維安的手就是全力往前方衝刺。

柯維安看不見甜甜丸的臉，只能看到她綁著甜甜圈圖案的髮圈，一對甜甜圈耳環隨著奔跑的動作晃呀晃的。

深切感受到大事不妙，柯維安一邊跟著甜甜丸疾跑向展覽室，一邊拿著手機飛快盲打訊息給黑令。

門口旁正在講電話的女人見柯維安腳步急促，趕忙握著手機往更旁邊站，同時還在跟手機裡的人通話。

「對，我在家裡趕稿……眞的沒騙妳，妳聽到的是我電腦放的背景音啦，要有點人聲我才有動力。身爲我的責編怎麼可以懷疑我……啊？我前科太多？哎唷要是再騙妳我就……我就把我超級無敵可愛的小姪女照片傳給妳看！」

「超級無敵可愛」和「小姪女」這兩個字眼讓柯維安險些要煞住腳步，好在理智及時阻止了他。

甜甜丸的催促更加焦慮，「再快點，維安你再快一點！不然要來不及！」

「噫啊啊啊！」甜甜丸驟然慘叫一聲，「來不及了，厄夢之書發動了！」

柯維安心頭一跳，只來得及見到展覽室裡掛的看板上大大地寫著本次主題——

我的觸手，我的愛。

身處空間霎時旋轉扭曲，所有景物的顏色就像打翻的調色盤，四周人聲也變得模模糊糊。

然後……

然後就變成現在這樣了。

大量記憶片段一下子灌入柯維安的腦海裡，讓他頭痛欲裂，好在痛楚來得快，去得也快。

不到片刻，柯維安已從不適恢復過來。除了身體無力，仍軟綿綿得像塊豆腐，其他倒是沒什麼大礙。喔不對，還有被黑令猛力一撞的額頭依舊痛得要命。柯維安都擔心腫起一個包會破壞他的帥氣英俊了。

但目前也顧不得陣陣抽動的前額，柯維安倒吸一口長長的氣，隨即脫口大喊出兩個關鍵字眼。

「甜甜丸！厄夢之書！」

沒錯，他全都想起來了。他們三人是爲了替外星人甜甜丸找回遭竊的厄夢之書，才會前往繁星市的第二美術館。

柯維安和甜甜丸一組，卻碰上厄夢之書正好發動，想前去阻止，最終卻難逃被捲進書裡的命運。

幸好他進書裡之前還記得發訊息通知黑令，才順利等到救兵。

「這厄夢之書真的太可怕了……」柯維安心有餘悸。要不是有自家妹妹的幫忙，他還傻傻地相信著這世界灌輸給他的人設。

至於黑令，柯維安堅信自己能想起一切都是靠符芍音的萌力，絕對跟那個巨大倉鼠星人的凶殘頭鎚沒半點關係。

如今尋回記憶，柯維安稍一思索，就能明白黑令多次和他確認時間、地點的用意。

厄夢之書會把現實的人事物捲入，重新拼組一個世界。雖然書裡他是在青蘿市，可實際上對應的還是現實中的繁星市，只不過因爲重組，和繁星市自然也有差異。

例如他和劇組住的那間旅館。

「我住的旅館在繁星市是不是找不到？」柯維安一針見血地問。

「嗯。」黑令點點頭，「搜過了，那地址是一座公園，沒旅館。」

不過兩邊都有第二美術館，就連織女廟也是在同樣位址，這才讓黑令、符芍音在進入厄夢之書後能馬上順利與柯維安會合。

「時間呢？」柯維安敏銳地再問，「兩邊時間的流動是不是也不一樣？我覺得我在這裡待了兩天還是三天，外面過了多久？」

「快一小時。」黑令說。

柯維安不禁大鬆口氣。還好只過了一小時，他還眞怕一回到現實世界，他的連假就這麼消失了。

「哥哥，還要找甜甜丸。」符芍音提醒，「跟你一起嗎？」

「小芍音當然是跟我一起。」柯維安順口說完後，才反應過來符芍音的話應該是另一個意思。

她在問甜甜丸是不是跟他待在一塊。

「我沒看見那個外星甜甜圈……啊，不對！」柯維安低呼一聲，「我記得我們被吸進書裡之前，甜甜丸變成人了。」

「變人？」符芍音像是有些吃驚。

「對，我沒看到正面，但從背面看是長髮女人，繫著甜甜圈圖案的髮圈，還戴著一對甜甜圈耳……」柯維安聲音漸小，他睜大眼睛，某個人的身影在他腦中驟然躍出。

劇組裡有個人就是繫著甜甜圈髮圈、戴著甜甜圈耳環。

化妝師，小甜！

「小甜就是甜甜丸。」柯維安連忙說道：「她是我們劇組的化妝師，我們必須趕緊讓她也恢復記憶才行，然後找出甜甜餅，阻止這一切。」

但既然甜甜丸都能變成人，同樣是甜得要命星人的甜甜餅，會不會也變成人類模樣，藏身在劇組或劇組以外的地方？

柯維安皺了下眉，轉眼就把第二個選項刪除。

照甜甜丸的說法，厄夢之書會按照使用者的願望拼出一個新世界，那麼《霸道碟仙愛上我》的劇組會存在，想必與甜甜餅的願望有關。

既然如此，甜甜餅有很大機率也在劇組裡。

只是，會是誰？

扣掉自己和成爲化妝師的甜甜丸，劇組裡還有八個人，這八個人通通都有嫌疑。

柯維安揉了下臉，單純找出犯人不算難，最怕的是發生意外——像剛剛那些觸手。

回想起被吸進書裡前驚鴻一瞥的展覽名稱，柯維安這下還能有什麼不明白的。

我的觸手，我的愛。

厄夢之書這是用嶄新的方式把觸手元素展現出來啊！

「要死，拜託不要再有更多觸手了……」柯維安痛苦地抹了把臉。他討厭觸手，尤其是濕答答、黏呼呼，還想把他纏捲起來的那種觸手，「厄夢之書好歹也吸收點其他元素進來嘛。」

「或許吸了。觸手展和另一個展的展區，是相連的。」黑令冷不防砸出新情報。

「告訴我隔壁只是普通的畫展，最好是風景畫之類的。」柯維安懷抱一絲希望。

「不是畫展。」黑令慢吞吞地宣布，「是幽魂展。」

「不好意思，幽什麼？」柯維安乾巴巴地問。

「就叫幽魂展。」黑令重複一遍。

「不是。」符芍音搖搖頭。

柯維安眼中重燃希望，滿懷期待地看著自己妹妹。

「幽魂展不是正式名稱。」符芍音歪了下腦袋，把看過的展覽名背出來，「全名是『我的殭屍，我的憂愁』。」

憂個屁啊！要不是符芍音在場，柯維安真想這麼仰天長嘯。

厄夢之書哪個場地不選，偏偏選在那兩場名字怪得可以的展場發動？

「這下好了，觸手出現了，之後是不是也要跑出殭屍……喔不。」柯維安呻吟一聲，他抹把臉，面露絕望。

他們晚上要在青蘿第二美術館拍戲。

美術館現在有什麼展？觸手展和幽魂展。

顯然這兩個展都是還原繁星第二美術館的。

雖然他還沒進去幽魂展看過，但他可沒忘記昨晚呂依說過的，幽魂展裡現在最熱門的就是殭屍。

好的，觸手、殭屍，兩大元素都在他們下一個拍戲地點集齊了，這擺明就是要出大問題的預兆吧。

柯維安不是很想唱衰自己，然而他男子漢的直覺告訴他：

絕對……會出事的！

柯維安宛如被霜雪打過的茄子，整個人蔫得不行，只能多看幾眼符芍音，藉由她的可愛撫慰自己。

符芍音不曉得自己成為了振奮劑，正關切地望著變成苦瓜臉的柯維安，下一秒卻又霍地扭頭朝某個方向望去。

「誰？」

平板的童音在織女廟內像落石墜入平靜水面，激起圈圈漣漪。

柯維安一驚，反射性跟著轉頭，只來得及看到右側窗櫺外有人影一閃而逝。他連忙想拔腿追出去，卻忘記自己腿還是軟的，跑沒幾步就要往前一撲。

黑令長臂一伸，及時拽住柯維安的後領，但也把人勒得差點窒息。

「不、不能呼吸了……」柯維安拚命拉著領子，等脖子上的壓迫減小，他立刻大口吸氣。

符芍音替柯維安跑出廟外查探情況，沒一會就折返回來，「不見了。」

「有看到那人長怎樣嗎？」柯維安問道。

「女生、長頭髮，臉不清楚。」符芍音流露一絲遺憾。

「戴太陽眼鏡，二十幾歲上下，拿筆像在記什麼。」黑令無預警開口，「從你說『告訴我隔壁只是普通的畫展』那時才躲在廟外，原本是在更遠的地方偷看。」

「原來是從那時候……不對吧！」柯維安震驚地瞪著黑令，「你更早之前就知道有人偷看了？那你怎麼不說？不准說因爲我沒問！」

黑令剛張開的嘴巴又合上，看樣子是打算這麼回答。

「再給你一次機會，換個理由解釋。」柯維安回過身，用力戳著黑令的肩頭，「也不准說太麻煩、不想講。」

「嘖。」被看穿心思的黑令咂下舌，在柯維安的瞪視下，終於交出另個答案，「沒有感覺到威脅性，近了，就更沒威脅性。」

柯維安理解了，躲在廟外的那人在黑令看來只是普通路人，才會連吱一聲都沒有。

但柯維安又忍不住在意，那人偷聽他們說話就算了，爲何還要拿筆記錄？

柯維安回想一下，確定當時他們的聊天聽起來就像在抱怨美術館的展覽。

如此一來就更奇怪了，那人記這些東西究竟是想幹嘛？

柯維安怎樣也想不透，最後也就決定不想了。

天下無難事，只要肯放棄。

反正想不明白的事，等眞相大白的那一刻自然就會明白了嘛。

第五章

拿回記憶，並成功與黑令、符芍音碰頭，柯維安的下一步計畫是——

想辦法讓甜甜丸，也就是化妝師小甜也想起這一切。

至於該如何讓小甜記起現實世界裡的事？

柯維安對此既樂觀且充滿自信，「到時只要讓小芍音站在小甜面前，她肯定就會被萌得全部想起來了，就跟我一樣！」

「哥哥最開始看到我，沒想起來。」符芍音實際道。

「嗯，是靠我。」黑令朝柯維安伸出手，「獎勵呢？」

「靠，你還敢討獎勵？我被你撞得頭都痛死了，你腦袋根本是石頭吧！」黑令不提還好，一提就讓柯維安火氣直竄上來，「我的帥氣都被你破壞一半了！」

「不怕，哥哥還是帥氣。」符芍音安慰地拍拍柯維安的手背。

被妹妹治癒的柯維安稍微恢復心情，看著那隻固執停在面前的手，他哼了一聲，最後勉為其難地從包包裡抓出一條巧克力，大力地拍上黑令掌心。

獲得零食的黑令滿意了，默默啃著巧克力，跟著柯維安一塊走出織女廟。

柯維安想要讓小甜恢復記憶，首先就得確認對方人在哪。

這時碰到了一個小問題，柯維安沒有小甜的電話。

不過這點很快就找到解決辦法，雖然沒有小甜的電話，但有編劇雁子的LINE啊！

柯維安不免得意於自己的先見之明，還好他中午先和雁子拉近關係了，現在正好可以問對方。

外頭陽光依然熾烈，悶熱的天氣讓符芍音微皺了下臉。她從包包裡掏出一把摺疊傘，俐落打開，傘面滿滿的兔子圖案。

看著低頭滑手機的柯維安，符芍音踮高腳尖，想要把傘移到他頭上，讓兩人都不會被太陽曬到。

雖說符芍音這陣子又長高了些，可惜還是不太夠。即便努力伸長了手臂，還是沒辦法遮到人。

「妳自己撐就好了，我不用。」柯維安注意到符芍音的動作，朝她擺擺手，「正好可以曬曬太陽。」

「和植物一樣，光合作用，但不會長高。」黑令含著巧克力說話，腮幫子微微鼓起。

「你是對我身高有啥意見啦，豬頭。」趁符芍音視線被傘遮住，柯維安朝後方的黑令豎起中指。

「陳述事實，而已。」

「陳你的……」瞄見撥出的電話被人接通，柯維安不再理會黑令，馬上把手機貼向耳邊，「喂喂？雁子姊，妳聲音聽起來好小，現在方便說話嗎？喔喔，方便就好。」

黑令步伐突然一頓，他回過頭，朝某個方向淡淡掃過一眼又轉回來，彷彿什麼事也沒發生過。

走在前頭的柯維安自是沒發覺黑令這個小動作，他向雁子問起小甜的聯絡方式，順利拿到手機號碼。

向雁子道過謝，柯維安馬不停蹄地又打給小甜。他運氣很好，只響幾聲電話就被人接起。

「喂喂？小甜姊嗎？我是維安啦，我有重要的事要找妳，妳現在在哪？」

「我？我在旅館休息，怎麼了嗎？」

「晚點當面講比較好，我現在就回旅館找妳，我到了再打給妳喔。」

「咦？欸？所以是什麼重要的事？」

「就這樣啦，先掰。」

不給小甜追問的機會，柯維安乾脆地結束通話，宣布他們的下一步，「好啦，我們搭車回旅館。唉唉，可惜這是在書中世界，沒得報公帳，雖然花的也不是真的錢……慢著，應該跟現實沒連動吧？」

光是想像自己回到現實後，錢包裡的鈔票也跟著減少，柯維安就想捧著臉，擺出名畫「吶喊」般的表情。

「不知道，不差錢。」黑令輕飄飄地落下一句。

可惡，硬了硬了，拳頭硬了。柯維安磨著牙，要不是武力值跟身高都不夠，他一定要讓黑令嘗到什麼叫作來自學長的鐵拳。

「小芍音我們快走，別理這個惹人嫌棄的外星人。」柯維安拉著符芍音的手，只想與黑令拉開距離。

無奈黑令是在場中腿最長的人，就算柯維安和符芍音由走變成了小跑步，對方還是有辦法一步抵他們三步。

三人越走越遠，不一會兒，消失在織女廟所在的巷子裡。

等巷子裡的人聲都消失後，織女廟後方的小樹林有一條人影慢慢走出來。

那是一名長髮女子，手裡握著手機。她推推臉上的太陽眼鏡，望著空無一人的巷弄，心有餘悸地大大吐出口氣。

載著柯維安三人的計程車在甜得要命旅館前停下來。

原本柯維安壓根沒留意劇組住的旅館叫什麼名字，又或者是看見了，但完全沒在腦海中留下印象。

直到現在他拿回了現實世界的記憶，那些覆蓋在腦海中的紗霧都被吹拂開，讓他真正地意識到這個世界其實處處充滿不對勁。

例如先前織女廟中的神像，還有這間叫作「甜得要命」的旅館，隔壁的超商則叫作甜得要命門市。

一看就跟甜得要命星球有關係。

顯然甜甜餅就算沒了記憶，無意識中還是讓這個世界留下了自己母星的痕跡。

幸好他們劇組要拍的電影不是叫《甜得要命》……好吧，《霸道碟仙愛上我》其實也沒好到哪。

柯維安默默地在心裡吐槽完畢，帶著一大一小走進旅館。接著他反應過來，在他們去找小甜之前，還有個小問題得先解決。

黑令和符芍音要住的房間。

誰也不能保證找出甜甜餅、脫離厄夢之書需要多久，一個落腳休息的地方是絕對必要的。

符芍音年紀小，不能落單自己一人住。但要是和黑令同一間房，柯維安說什麼都不會允許。

開什麼玩笑，要也是他和小芍音一起住啊！這種好康的事怎能輪到黑令！

糾結一陣後，柯維安有了決斷。他乾脆從原來房間搬出來，另外再訂一間三人房，既能滿足他和妹妹同寢的願望，也可以順便盯著黑令，免得思考邏輯異於常人的黑令惹出什麼麻煩。

柯維安傳了訊息給與自己同房的陸仁，和他簡單說一下緣由，接著便不客氣地指使黑令幫忙拿行李，大家一起往新房間走去。

房間錢可是他出的，那黑令負責出點勞力也是理所當然的吧。

解決完住宿問題，柯維安再打電話給小甜。

鈴聲只響一聲就被對方接起，彷彿小甜一直在等聯繫。

「喂喂喂？維安啊！」不等柯維安出聲，小甜已劈里啪啦地丟了一串問題，「到底是什麼重要的事，現在能告訴我了嗎？你害我根本不能安心睡午覺啊，不弄清楚之前，我完全睡不著！」

「小甜姊，妳現在方便過來我們這嗎？」柯維安逮著空隙，趕緊問道。

「我們？除了你還有別人嗎？誰啊？」

「我們在六〇六房，妳過來就會知道了，等妳喔。」

「這麼神祕嗎……好啦好啦，等我一下，我這就過去。」

小甜說的等一下，真的就只是一下。

柯維安才剛把筆電從包包裡拿出來，房裡就響起了電鈴聲，提醒有客人來訪。

「黑令去……算了，還是我去。」柯維安把筆電往旁一擱，認命地下床開門。

讓尚未恢復記憶的小甜見到黑令，只怕她會先被對方嚇到，說不定還會拔腿就跑。

柯維安可不想讓接下來的計畫就此泡湯，他來到門前，保險起見，先從貓眼確認來者身分。

確實是小甜，她繫著甜甜圈圖案的髮圈，還戴著一對甜甜圈耳環。

「小甜姊。」柯維安打開房門，露出最無害又可愛的笑容，將小甜迎進房內。

小甜滿心疑惑，不明白柯維安好端端的爲何又另外訂房，直到她瞧見房中的灰髮青年和白髮小女孩。

小甜一愣，腳步跟著停住，視線忍不住在陌生的一大一小身上來回游移。

她看著符芍音時滿是驚豔，她第一次見到這麼精緻可愛的白子。而在看向黑令時，一對上那雙顏色淺淡的眼睛，頓覺自己猶如被狼盯上，寒毛不受控地豎起。

聽到身後的關門聲，小甜連忙回頭追問，「維安，他們是誰？他們……」

問到一半，小甜突然靈光一閃，想起柯維安閒聊時曾提及自己的妹妹和朋友要來青蘿市，其中那位朋友還會到片場充當一回臨演。

小甜的猜測在下一刻獲得了證實。

「小甜姊，這位可愛到讓人受不了的是我妹妹，芍音。然後這個是我朋友黑令，晚上要當臨演的那個。不用在意他沒關係，把他當背景板吧。」柯維安一招手，讓符芍音站到小甜面前，「妳快看看我家小芍音，是不是超級萌、超級治癒人心，是不是讓妳想起什麼了？」

「你妹妹眞的很可愛。」小甜對這點是認同的，然而柯維安的最後一句讓她百思不解，「呃，我應該想起什麼嗎？」

「妳難道沒感覺到腦海中有封印在晃動？好像有什麼要衝出來了？」柯維安揚高聲音，迫不及待地問道。

小甜反射性後退一步，「維安，你沒事吧，你是撞到頭了嗎？不然怎麼……」

眼見小甜就要把自己當成神經病，柯維安立刻喊出關鍵字，「甜甜丸！」

小甜瞬間像被按了暫停鍵，身子不動，連表情也好像跟著凝固成空白。

柯維安以爲自己成功了，可下一秒，狐疑的女聲打破他的冀望。

「什麼甜甜丸？」小甜眨著眼睛，納悶萬分地瞅著柯維安，「我說維安，你確定你眞的沒事嗎？晚上還要拍戲，你要不要趁現在去看個醫生？例如專門看腦部的。」

「我沒撞到頭，眞的！」柯維安爲自己大聲喊冤，同時也不敢相信憑靠符芍音的萌力和關鍵字，居然沒辦法喚醒小甜的記憶。

柯維安不死心，他深信一定是次數不夠，「甜甜丸、甜甜丸、甜甜丸！妳還記得甜得要命星球嗎？」

這下小甜是眞的把柯維安當神經病了，她一臉驚悚，看起來隨時想奪門而逃。

「讓開。」淡漠男聲落下的同時，一道頎長身影大步流星地越過了柯維安。

黑令動作太快，黑色外套下襬揚起俐落的弧度，幾個邁步已逼近小甜面前。

小甜還沒意會到發生什麼事，陰影早籠罩下來。她下意識抬起頭，劇烈的疼痛霎時從她的額頭擴散到整個腦袋。

小甜慘號一聲，抱著頭蹲在地上，雙肩顫抖。

柯維安在旁看得目瞪口呆，嘴巴都張成O字形，怎樣也沒料到黑令竟突然給小甜一記凶猛頭鎚，聲音響亮得讓人想縮起肩膀。

他忍不住也摸上自己的前額，感覺不久前遭撞的位置好似跟著隱隱作痛。

「這樣快。」黑令回頭對柯維安說，「刺激療法。」

「喔，刺激……刺激個大頭鬼啦！」從震撼中回過神，柯維安立即指著黑令嚴厲訓話，「你不能隨便對陌生人使出頭鎚，你腦袋那麼硬，萬一把人撞出事怎麼辦？」

「你沒出事。」黑令無辜地說。

「那是因爲我頭硬……呸，不是，我運氣好！」柯維安使勁戳著黑令的肩膀，「而且暴力不能解決全部問題。」

「但能解決大部分問題。」黑令歪了下頭，「不是嗎？」

柯維安必須承認，還眞的該死的是！

但他要在符芍音面前以身作則，拿出身爲優秀哥哥的那一面，所以繼續以著凶巴巴的語氣說，「總之，動手或動頭前，先好好思考一下。」

隨後再用氣聲跟黑令說：

「起碼不能在小芍音面前動，回去給你一包瓜子。」

「哥哥，她在發光！」符芍音沒仔細聽兩人的對話，她目光緊盯小甜的一舉一動，自然不會忽略她身上突現的異變。

痛到抱頭蹲地的小甜周邊驟然浮現粉色光圈，光圈越擴越大，轉眼便將她完全吞沒在裡面。

「這是要……變回原形了？」柯維安抽口氣，看著那團粉色光圈又漸漸變淡，直到重新暴露出裡面的身影。

還是年輕女性外形的小甜。

沒有變成長著腳的巧克力甜甜圈。

「欸欸欸？爲什麼沒有任何變化？」柯維安失聲喊道：「不會還沒想起吧！」

「一次不夠，那就兩次。」黑令準備上前再施展一次頭鎚攻擊。

「給我站住！萬一眞把人撞傻了還得了，那就啥都別玩了。」柯維安可不想他們委託還沒解決，委託人先被自己這方解決了，「我們再想想，再想想有沒有其他辦法讓甜甜丸……」

「叫我嗎？」一道聲音問道。

「不是，不是叫妳，我現在只是剛好提到甜甜丸……」柯維安話聲一頓，猛地轉頭看向聲音來源。

小甜還蹲在地上，她抬起頭，讓人可以清楚看見她的眼睛變成了奇異的粉紅色。

柯維安愣了愣，隨即脫口喊道：「甜甜丸！」

「還是先叫我小甜就好，要是這名字碰巧被甜甜餅聽到，很可能會刺激她恢復記憶，她就會察覺到我們了。」小甜摀著額，慢慢從地上站起，眼睛又恢復成黑色。她找了張椅子坐下，嘴裡不住發出嘶氣聲，「好痛好痛，難不成是有隕石砸到我的頭嗎？我覺得額頭痛到要發生行星大爆炸了，剛發生什麼事了？我的記憶出現幾秒空白。」

「既然妳的記憶保護了妳，那這個話題我們就跳過去吧，反正也不重要。」柯維安一語帶過，免得小甜向他們索取醫藥費，「妳都想起來了嗎？」

「除了剛剛的十幾秒空白，我全都想起來了……」小甜揉著額頭，含帶一絲欣慰的眼神望向柯維安等人，「幸好你們先找到我，不然事情就有點棘手了。」

「我們要怎樣才能脫離厄夢之書，抓到甜甜餅就行了嗎？」這是柯維安現在最想弄清楚的事。

「這樣不夠。」小甜搖搖頭，「厄夢之書主要是依靠甜甜餅的願望運轉，我們必須抓到甜甜餅，搶走她手上的書，最後還要讓願望完成。」

「書？可是我們現在不就是在書裡？」柯維安被搞糊塗了。

「我們是在書中世界，但書的本體還在甜甜餅手上。即使她不記得那是用來幹什麼的，也會本能地帶在身邊。」

「那要如何知道甜甜餅的願望？」

「這很簡單，你看我們現在正在做什麼？」小甜反問回去。

「在說話。」黑令平淡地說。

「你惦惦。」柯維安把旅館房間附贈的零食包塞到黑令手裡，「想也知道答案不是這個。甜甜丸……小甜姊妳之前說過，像我們這種被書一起吸進去的活人，會跟在許願者旁邊一起行動。」

「知道答案。」符芍音眼睛一亮，「哥哥在當男主角，厲害。」

「也沒有啦，只是男配而已。」被妹妹誇獎的柯維安彷彿置身雲端，整個人暈陶陶的，「不過我的戲分的確不少，是個喜歡超自然的……啊，電影！我們在拍電影！也就是說甜甜餅的願望……」

除了黑令之外，三人對視一眼，異口同聲地說出了真正答案：

「陪她一起拍電影！」

第六章

扣掉柯維安和小甜，劇組裡有八位嫌疑人。

分別是燈光師、攝影師、導演、場記、男主角、女主角、男配角和編劇。

但這八人中，誰是甜甜餅，誰是書中NPC，或現實中被捲進來的無辜人士，這又是另一個問題了。

「不難。」黑令對此胸有成竹，「每個都撞一次。」

「意見很好，以後不要再提了。」柯維安不客氣地翻了一個大大的白眼，「好歹先縮小範圍再撞好嗎？萬一撞的都不是甜甜餅，我們肯定被當神經病，更慘的是可能反挨揍。」

畢竟無緣無故遭到突來的頭鎚攻擊，正常人都會不爽。

「我們先觀察誰手上可能有書吧。」小甜提出了建議，「厄夢之書在這個世界會改變外觀，但基本上可以隨身攜帶。這樣一來，書就可以隨時吸收好點子。」

「吸收好點子……要幹嘛？」柯維安心驚膽跳。

「讓點子成眞呀。」小甜理所當然地說，「替劇情、世界增加一些驚喜變化，例如昨晚大家不是在聊美術館鬧鬼的事，聽起來就滿有趣的。」

「那些觸手或殭屍要是變成眞的，就一點也不有趣了。」柯維安恨不得時間倒流，阻止大家針對鬧鬼話題提出各種天馬行空的想像。

什麼觸手從臉孔裡跑出來……等等，從臉跑出來？

柯維安驀地挺直身體，「有個已經成眞了。」

「什麼？」小甜不明所以地望著他。

「織女廟，有觸手從神像……姑且算是神像吧，總之有觸手從它的臉跑了出來。」柯維安嚥嚥口水，原本他以爲那只是反映現實中的觸手展，可如今再結合小甜的說法，另個猜想不禁躍上心頭，「昨天不是有人提到這個嗎？這是不是就代表……」

「代表……」小甜搗著嘴，聲音不自覺拔得尖高，「甜甜餅眞的就在昨晚那些人之中？啊啊，我想起來了！昨天雁子是不是還一直在記事本上記東西？」

經小甜提醒，柯維安也想起來了。

「難道說雁子姊……不可能吧。」柯維安反射性就想否認。有可愛姪女的人，怎麼可能會是犯人！

縱使柯維安內心抗拒雁子恐怕是甜甜餅的事實，可他也知道，對方確實有相當重的嫌疑。

說是頭號嫌疑犯都不為過。

「要去撞她了嗎？」黑令冷不防出聲。

「不准撞！」柯維安立刻喊停，「先觀察，懂『觀察』這兩個字嗎？」

「我會寫。」

「重點是給我理解這兩個字的意思啦！先觀察雁子姊，要是發現她在寫字，我們就想辦法把她記錄的東西偷偷弄到手，確認到底是不是厄夢之書……是說要怎麼辨認？」

「它第一頁一定是寫著『厄夢之書』這四個字。」小甜肯定地說。

「唔，保險起見，其他人一樣納入觀察對象。陸仁、楠渚、呂依……還有黑令。」

「我昨晚沒跟你在一起。」黑令挑高眉梢，「真的傻了？」

「你才傻。」柯維安沒好氣地說，「我是要說，記得別對嫌疑犯輕易動手，免得電影拍不完。聽清楚的話就……」

「吱。或你要別的，汪？喵？」黑令覺得自己可以爲了朋友，勉爲其難配合一下。

柯維安打了個寒顫，他哪個都不想要。

那麼大隻的男人學小動物叫，別說萌了，根本只有體會到滿滿的驚悚。

深知想堵住黑令的那張嘴，大量零食是跑不了的，柯維安趁著劇組的人還沒回來旅館，迅速跑了一趟超商，當然是帶著符芍音一起。

他是不會讓黑令和自己妹妹有獨處機會的！

不久後，被列入觀察名單的三名演員也回到旅館。

柯維安把握機會，帶著黑令和符芍音到他們面前認識認識，順便偷偷觀察有沒有人隨身帶著書或小冊子。

可惜什麼也沒看出來。

至於頭號嫌疑人雁子，並沒有如她之前所說的回旅館。柯維安傳訊息問她在哪，得到的回應是她臨時被導演叫過去。

雁子最後沒有回到旅館。

外頭天色漸漸由亮轉暗，直至晚上十一點多，一群人出發前往青蘿第二美術館。楠渚和呂依都有車，正好能將眾人一塊帶上。

接近半夜時分，路上幾乎不見人煙，就連車輛也大幅減少。寬敞的馬路變得一片空蕩蕩，街邊商家亦是拉下鐵捲門，讓青蘿市更顯冷清寂然。

不久，柯維安就從車內望見了他們這一趟的目的地，青蘿第二美術館。

與白日相比，夜間的美術館簡直像化身成截然不同的存在。

陰暗染上原本潔白的建築物，讓它看起來宛如棲停在幽黑中的龐然大物，彷彿下一秒會抖抖身子，撐起蜷藏在腹部底下的四肢。

柯維安掐了一把大腿，提醒自己可不要把腦中想像的東西說出來，畢竟在確定雁子就是甜甜餅之前，車上的楠渚也有嫌疑。

總之絕不能讓厄夢之書再替這個世界增加更多驚嚇。

車子停好，眾人在美術館的廣場前會合，遠遠就能看見大門的位置亮著燈，還有一抹人影在那等候。

赫然就是頭號嫌疑犯，雁子。

雁子身後的美術館被大片昏幽佔據，只亮著幾盞小燈。朦朧光線落下，矗立在大廳中的雕塑若隱若現，白日看來聖潔高雅的女性雕像如今反倒增添了幾分詭異。

雁子的一頭長髮用鯊魚夾胡亂夾起，身上換了件衣服，白色T恤上面寫著大大的「天窗」兩個字。

再聯想到昨晚見到的拖稿T恤，柯維安忽然心生懷疑，從服裝上就透露出濃濃裝死意味的雁子，眞的是想拍完電影的甜甜餅嗎？

隨著雙方距離縮短，雁子揮手朝他們打招呼，「晚安，今天晚上也要辛苦你們了。場地在二樓，已經布置得差不多，等等阿渚和小依、陸仁先拍。小甜，妳先帶他們過去上妝，直接走手扶梯上去就能看到。」

「沒問題。」朝柯維安暗暗使了個眼色，小甜與三名演員先走進美術館內。

「雁子姊，這兩位是……」柯維安暫且壓下心中懷疑，笑嘻嘻地向對方介紹起自己身邊的一大一小。

「喔，我知道，你妹妹嘛，有見過。」雁子頓了一下，爽朗笑起，「啊哈哈哈，我是說你中午不是給我看過你妹妹的照片了嗎？眞人比照片更可愛呢。」

「對吧、對吧。」聽見符芍音被人稱讚，柯維安比聽到自己被稱讚還要開心，當下也把雁子的微妙停頓拋到腦後，「她是芍音。」

「芍音妳好，喊我雁子姊姊就可以了，這麼晚跟哥哥出來不會累嗎？」雁子彎下身，臉上是親切的笑。

「妳好。」符芍音一板一眼地說，「不累，陪哥哥。」

「哎呀，眞乖。」雁子忍不住摸摸符芍音的頭，雪白髮絲太過滑順，讓她不禁又多摸幾把。接著她抬頭望向另一人，卻無預警與一雙淺灰到透出冷漠的眼瞳對上。

黑令眼珠顏色特別淡，在燈光下恍若玻璃珠。可一旦對視上，就會讓人不禁產生被荒狼盯上的錯覺，彷彿自己是即將被咬斷喉嚨的可憐獵物。

尤其察覺到黑令雙眼眨也不眨，就這麼不言不語地看著自己，雁子的寒毛都要豎起來了。

「那個，維安……你朋友爲什麼一直盯著我？」雁子吞嚥了下口水，「他是你那位要當臨演的朋友吧，是叫……」

「黑令，這傢伙叫黑令。喂，你別嚇到雁子姊。」柯維安撞了一下黑令，要他收斂點。

黑令垂下眼，視線也挪開了。當他不直勾勾地盯人時，就像沒有存在感的影子。

雁子倒是沒想到那人高馬大的灰髮青年居然那麼聽柯維安的話，少了毛骨悚然的感覺，她頓時放鬆不少。

「走吧，我帶你們進去，先去見見導演。」雁子領著三人往內走，「我們借的是二樓場地，其他地方盡量別去。」

這個時間點，美術館的手扶梯自然沒有運轉，隱在昏幽中的肖像畫顯得莫名陰森，四周靜悄悄的，唯獨樓上不時傳出人聲。

柯維安牽著符芍音的手，越走越覺得不對勁，「雁子姊，美術館的人不在嗎？」

照理說，出借場地給劇組後，館方應該會派人到場，保全應該也會在。

畢竟這可不是什麼普通地方，隨處都是貴重的藝術品，要是一不小心遭到損壞，賠償金可不是鬧著玩的。

然而一路走來，除了雁子外，沒再看到其餘人。

「還是說他們人在上面？」

「今晚就只有我們劇組，沒其他人在場。」雁子理所當然地說。

「欸？」柯維安吃了一驚，「為什麼沒人？那拍完戲後要怎麼辦？」

「我們負責關燈關門就好了嘛。」雁子不認為這有什麼好擔心的。

不，一般來說不是這樣的吧，正常的美術館怎會讓人這麼做……柯維安張張嘴，最後還是選擇吞下吐槽。

這是書中世界，認真講究合理性就輸了。

今晚拍的是夜訪美術館，之後因為各種緣故主角群逐一落單，再碰上靈異事件的幾個場景。

常看鬼片的人就知道，角色只要落單，通常不會有什麼好下場，不是殘了就是掛了。

柯維安演出的角色就是第一個被碟仙殺死的。

等到拍完三名主演的小片段，接下來就換柯維安和黑令上場。

這幕戲主要是在二樓的一間展覽室拍攝，黑令不用露臉，只要在柯維安身後窮追不捨就好。

屆時黑令的影子會被燈光照映在牆壁上，用來代表碟仙正在追殺可憐的男配。最後在柯維安以為要逃出生天時，讓他面露恐慌，擺出如同看見最可怕事物的表情，黑令的戲分就宣告結束了。

「你一開始先站在這裡。」導演帶著黑令往走道角落一站，指著地上貼了膠帶的位置，「等等聽見ACTION就順著這個方向跑，追著柯維安在這空間跑一圈。不要和牆壁靠太近，保留一些空間，這樣你的影子才能被放大，看起來更有迫力。」

黑令點點頭，表示聽懂了。

「記得，要用盡全力地跑，展現你緊繃的肌肉，影子才會充滿力量！」導演比手畫腳，「我們要拍出一道充滿邪惡黑暗的影子，讓觀眾光看影子，就能充分感受到碟仙的恐怖。千萬別忘了，拿出你的全力，就想像……對，就想像，柯維安偷了你的錢包，你非常生氣。」

「柯維安不會偷錢包。」黑令平靜地提出反駁。

「這是舉例、是舉例。」導演顯然沒想到黑令那麼較眞，「不然你把他想成你最討厭的人，討厭的人偷走你錢包，你會怎樣？」

「沒討厭的人。」黑令直白地說，「麻煩。」

導演一時語塞，「那……那就想成普通小偷偷走你錢包，你要去搶回來這樣！」

「小偷為什麼能靠近我？」黑令更加不解，「小偷太弱，我很強。」

「啊啊啊啊！重點是這個嗎！你為什麼老是在意奇怪的地方！」導演暴躁地抓著稀疏的頭髮，「既然這樣，那個小偷很強可以吧！很強的小偷偷走了你的錢包，然後你應該做什麼？」

「報警。」黑令簡潔有力地回答。

旁邊傳來了幾聲忍俊不住的噴笑。

其中柯維安笑得最開心，平常都是他被黑令噎到說不出話來，換成別人成為苦主，旁觀的他只覺得心情無比暢快。

「報你的……」導演一口氣差點喘不上來，他指著黑令，胸膛劇烈起伏，一張臉忍不住氣得漲紅了。

「導演，他也沒說錯啊。」雁子強忍笑意，出聲打圓場，「我覺得也不用讓他揣摩啦，只要讓他全力奔跑就行了。」

導演重重哼了一聲，算是勉強採納這個建議。他一轉頭，剛好撞見柯維安來不及收起的笑臉，立刻將砲口轉向他。

「柯維安，你還站在那裡幹什麼？還不給我站到你的位置，在那邊當什麼花瓶！你就算想當花瓶，也沒你的妹妹好看！」

「我家小芍音當然是最好看啦。」柯維安毫不在意挨罵，反而喜孜孜地附和導演的話。

「還不快給我滾過去！」導演怒吼一聲。

「哎，馬上來！」柯維安三兩步跑上前，他和黑令之間相隔十幾公尺。

「都準備好了嗎？」導演坐回攝影機前，當場記一打完板，他揚聲喊道：「《霸道碟仙愛上我》第二十二幕第一次，ACTION！」

柯維安馬上拔腿狂奔，他對自己的短程爆發力還是很有信心的，絕對能跑出很棒的效果。

但他忘了，黑令的體能壓根不是一般人能比。

見柯維安一跑，黑令也跟著動了。

然後就超前柯維安了。

這過程發生得太快，等所有人回過神，已經變成柯維安拚命追著黑令跑。

「卡卡卡！」導演氣急敗壞地跳起大嚷，「都停下！黑令你在搞什麼？我是叫你在後面追著柯維安，不是柯維安要追你，都給我回來！」

「不是要全力？」黑令面無表情地與導演對視。

導演一噎，他哪知道黑令的全力這麼誇張。但話是自己說的，他也不想丟了面子，乾脆指著柯維安的鼻子，「你的全力呢？你剛那是使出全力的樣子嗎？一看就是沒吃飽飯，等等記得拿出你吃奶的力量！懂的話就回到你們的位置上去！」

柯維安摸摸鼻子，他也沒想到會那麼快就被黑令反超，只能說那傢伙的體能太變態了。

「ACTION！」

第二次的喊聲落在美術館二樓內。

柯維安二話不說拔腿卯足了勁往前衝，不時還得做出驚恐回望後方的表情。當他看見黑令與自己只剩幾步的距離，他反射性拿出了神使的力量。

金紋在柯維安前額飛快浮現，勾勒出如同第三隻眼的圖紋。

導演正要為柯維安快被追上而皺眉時，就見柯維安速度猛然加快，與黑令逐漸拉開距離，他緊皺的眉頭頓時舒緩開來。

但很快他就知道自己放心得太早了。

「我的媽呀……」雁子看得瞠目結舌，喃喃說出了所有旁觀者的心聲，「這兩人跑太快了吧，我好像只來得及看到殘影……」

一場驚險緊張的追殺戲，當然不能只讓觀眾看到角色的殘影。

導演再次暴跳如雷地喊了卡，順便把一不小心跑出展覽室的兩人喊回來。

看著一臉無辜的柯維安，再看向打著呵欠、一副「你要求真多」表情的黑令，導演感覺自己的一口氣既上不來也下不去。

最後他用力拍打胸口幾下，語氣疲憊地說，「當我之前的沒說過……別全力了，你們就普通地跑，黑令你只要保持落在柯維安後面就好。」

第三次拍攝順利許多，沒再出現黑令超車，或是兩人跑得只剩殘影的問題。

導演提起的一顆心終於能安安穩穩地放回原位，他緊盯著攝影機畫面，全神貫注。

接下來就是柯維安即將逃出展覽室，卻被無形力量抓住，轉頭露出驚駭至極的表情並淒厲尖叫。

爲了讓表情更顯眞實，柯維安快速回想自己師父最冷酷無情的一面。

是皮笑肉不笑地質問他爲什麼語言學敢考五十九分回來，還是冷笑著把他吊在神使公會大廳……

不不不，這些感覺都不夠，還是得來個更猛、更刺激心臟的！

沒錯，就是那個！上上禮拜，因爲不小心砸了師父的酒，結果師父說要把他精心收藏的蘿莉公仔全部清掉，還要把他珍藏的小天使照片一鍵刪除，永遠找不回來的那種！

這段恐怖的往事一躍出，柯維安的心靈創傷立刻呈現開啓狀態。

柯維安彷彿又看見張亞紫站在自己面前，咧開如同肉食性猛獸的笑容，毫不留情地準備將魔掌襲向他的寶物。

不要啊師父！手下留情情情情——

只消再一秒，蘊含充沛情感的尖叫就能衝出柯維安的喉嚨。

可沒想到，有人叫得比他快。

「啊啊啊啊啊啊啊啊！」

聲音來自展覽室外，在空曠的美術館中如同一道驚雷劈下。

「卡！搞什麼鬼？是誰干擾拍戲！」導演火冒三丈地站直身體，「你們誰快去外面看一下！」

離門口最近的場記跑了出去，沒一會兒又跑回來。

「導演，沒看到人啊……」場記喘著氣說。

「妳說什麼？」

「外面一個人都沒有……我還跑到手扶梯上往下看，真的沒看到人。」

導演聞言不禁傻眼。假如外面沒人，那剛才的尖叫又是從哪冒出的？

還沒等劇組的人找出答案，尖叫聲再度響起，這回更近，近到彷彿在他們身邊。

「啊啊啊啊啊啊啊！果然沒聞錯，有好多好男人和好女人的味道！」

震耳欲聾的吶喊像是海浪席捲整間展覽室，聽起來有男有女，情緒高昂得像是前來參加派對。

同時顯現的還有音浪主人的身影。

沒人想到它們會從天花板出現，最初只是一截短短的突起物，緊接著長度倍增，像是巨大化的義大利麵從空中滑落下來。

這群義大利麵五顏六色，不僅顏色繽紛，造型也很繽紛。

它們有的表面光滑，裹滿黏液；有的覆著一層絨毛、有的布滿細細觸鬚、有的如同章魚腳，遍布吸盤；有的長有凹凸不平的突起……

但不論它們長成什麼模樣，在柯維安看來都只有同一個稱呼。

「我靠靠靠靠靠——爲什麼又是觸手！」

第七章

柯維安聲嘶力竭的大喊就像水滴進沸騰的油鍋裡，當場炸出一片乒荒馬亂。

劇組的人像解除了靜止狀態，爆出接二連三的尖叫。

「該死的！我最討厭觸手了，不要再有更多觸手！」柯維安扭曲一張娃娃臉，「它們到底是哪冒出來的！」

「隔壁有觸手展。」黑令語調緩慢，攤開的掌心瞬間浮現銀紫色光點，凝聚出一把光華絢爛的鋒銳旋刃。

「我謝謝你告訴我喔！」柯維安才不想知道這種毫無幫助的過期情報。

「不客氣，朋友該做的。」黑令長臂一伸，扯住柯維安的衣領。

不待柯維安驚呼出聲，他把人往安全處一丟，自己率先迎上一條繫著大蝴蝶結，同時也是全場看起來最大最壯、戰鬥力似乎最強的藍色觸手。

「好帥！小哥好帥！」藍色觸手不知從哪個器官吹出口哨，「我們一起聯誼吧！」

「麻煩，不聯，去死。」黑令一連吐出三個拒絕，隨後又憶起柯維安曾耳提面命地告訴他做人要有禮貌，他重新調整爲婉轉的語氣，「請去死。」

不過黑令的聲音被旁邊的叫喊蓋過，否則柯維安要是聽見，肯定會露出痛苦表情。叫人去死到底哪裡有禮貌了？加上個「請」字只會讓人更火大好不好！

雖然柯維安沒聽到，但黑令附近的藍色觸手可是完整收聽了，一身淺藍霎時因勃發的怒意染成深藍。

「我最討厭長了嘴卻不會說話的男人！我不跟你聯誼了，我要和你大戰三百六十五回合，把你變成三百六十五段！」

藍色觸手甩著身體快速衝向黑令，它的同伴們則是鎖定了劇組人員。

「我喜歡這個肌肉棒棒的，都別跟我搶，讓我來！」

「那個帥哥是我的，哈嘶哈嘶！」

「美女約嗎?約嗎？一起聯誼玩觸手PLAY啊！」

「那個小男生是我菜，雀斑和鬈髮是我萌點！」

面對這群突然來襲的觸手大軍，不論工作人員或演員都陷入極度恐慌，尖叫聲此起彼落。

反應快的急著往出口跑，反應慢的則被嚇傻在原地，兩條腿不住打顫。

「噫！」被點名的柯維安則是全身起雞皮疙瘩，這種榮幸他才不想要。

眼見綠色的黏液觸手搖曳生姿地往他扭來，柯維安臉色青白交錯，他眞的一點也不喜歡這種與萌相差十萬八千里的醜東西。

他立刻俐落飛撲，一落地又飛快站起，拔腿往符芍音全速狂奔。

「哥哥。」符芍音動作也不慢，將保管的包包使勁拋向了柯維安。

包包方離手，符芍音馬上抽出黃色符紙，墨紋如游魚靈活遊走。

「兵武，現。」

握住和自己差不多高的斬馬刀，符芍音護在雁子與小甜身前，即使個子小，氣勢卻完全不輸追來的橘色觸手和綠色觸手。

柯維安身手俐落地接住空中的背包，以最快速度拿出筆電，手指探入了螢幕深處，圈圈漣漪似水波顯現，緊接著一柄碩大毛筆被拽扯出來。

將筆電塞回包內，柯維安猛地用筆尖畫向綠色觸手，金燦墨水如利刃橫掃，下一瞬觸手驚聲尖叫。

「好痛痛痛痛！討厭暴力，拒絕暴力！長那麼可愛為什麼是個家暴男！」

「誰跟你一家了？我只接受小可愛和我成為家人！」柯維安與符芍音分工合作，掩護劇組的人往展覽室兩邊出口移動。

然而遭受巨大驚嚇的眾人難以冷靜地聽從指揮，他們爭先恐後地想遠離觸手，反倒讓自己落單，被觸手逮到了機會。

說時遲、那時快，紅色觸手的末端如花苞鼓脹，接著裂成數瓣，將燈光師「嗷嗚」一口吞了進去。

「燈光師！」和燈光師向來同進同出的攝影師悲慟哀號。

下一秒，他也跟燈光師共同進退了。

紅色觸手大嘴一吸，把他吸進去跟同事作伴。

觸手通紅的軀體像在吞嚥，不停收縮鼓動，表皮還隱約透出人形的輪廓。

又過了幾秒，紅色觸手霍地發出「呸呸呸」的聲音，閉攏的末端再度如花朵綻放，好幾個巴掌大的深色物體被它嫌棄地吐到地面。

「好氣啊啊啊啊！怎麼是兩個假的，要真男人啊！」

柯維安反射性低頭一看，瞳孔遽然收縮。

觸手吐出來的是兩個木頭小人和兩枚金屬名牌，後者上面還寫著「燈光師」和「攝影師」。

再結合紅色觸手的抱怨，一個猜測在柯維安心中躍出。

燈光師和攝影師不是被厄夢之書吸進來的活人……他們是書中世界的NPC！

選擇到錯誤的獵物，紅色觸手只好勉強將目光轉回柯維安，「沒辦法，只好跟你這家暴男在一起了。」

「不好意思喔，像你這種過期又醜不拉嘰的東西，我是……拒絕的！」柯維安握著毛筆一個大力旋轉，艷麗的墨色瞬時帶出一道圓弧。

不待那些金墨散濺至地面，柯維安飛也似地再補上一筆。

空中金墨剎那連成一張大網，兜頭覆住紅色觸手，把它死死困在底下，無法掙脫。

另一邊的黃色觸手貪心地相中四個獵物，它身上的觸鬚如鞭子飛速揮出，轉眼捲住了三名演員和導演。

四人煞白了臉，齊齊尖叫。

「來吧來吧，我們一起HAPPY呀！」黃色觸手笑得猥瑣，全身觸鬚搖擺舞動，可下一刻它發出了像被掐住脖子的叫聲，「這個空洞又沒內涵的觸感，你們也是假的！」

黃色觸手氣得渾身顫抖，觸鬚大力抖晃，將提至半空的四人扔甩在地。

但最後與地面接觸的卻是四個木頭小人和金屬名牌——上面分別寫著「導演」、「男主角」、「女主角」、「男二號」。

短短時間，劇組的人居然只剩下場記、雁子和小甜。

「我是眼花了嗎？這不是幻覺吧……是的話也太厲害了……」雁子瞠目結舌地望著令人匪夷所思的一幕，忍不住往自己臉上用力捏了一下，疼痛讓她哀叫一聲，也讓吃到四個假人的黃色觸手陡然扭轉過來。

「吸溜吸溜！」黃色觸手發出像吸口水的聲音，「漂亮姊姊，一起來玩觸手PLAY呀！」

「不了、不了，我比較喜歡當旁觀的那個。是說你的PLAY要怎麼玩？是健全的還是不健全的？」雁子本來猛烈擺手拒絕，但說到最後，好奇心忍不住源源冒出，「有特殊用法嗎?不要色色，也不要綑綁，我一直想知道觸手能不能開發前所未見的新功能。有的話務必告訴我，我最近正覺靈感缺乏。」

「雁子姊!」柯維安忙不迭地強行打斷雁子的追問，「妳先退到牆邊去，這邊交給我來處理。」

假如雁子眞的持有厄夢之書，那絕不能再讓厄夢之書吸收更多點子了。這個充滿觸手的世界已經夠讓人絕望，眞的不需要更多了!

「啊?喔喔，好。」雁子瞄了眼柯維安手中好像很厲害的毛筆，連忙往牆壁退去，盡量遠離。

「嘖，我不喜歡又矮又小的。」黃色觸手對柯維安擺明嫌棄到底，「阻礙我跟漂亮姊姊一起玩的人，都要被觸手踢飛!」

「等你長出腳再用『踢』這個字吧，亂用動詞可是會被我師父一腳踹到天邊的。」

柯維安提筆迎上晃動的黃色觸手，揮灑至空中的點點金墨宛如朵朵金蓮綻放。

除了絢麗，還挾帶強悍的殺傷力。

一沾到金墨，黃色觸手只覺觸鬚像被烈火灼烤，氣勢頓時弱了三分。

「黃色的我來幫你！只要你承認橘色才是至高無上又尊貴！」橘色觸手冷不防從旁竄來。

「選擇綠色，同意綠色最高貴我就幫你！」綠色觸手也湊過來。

「我死也不背叛自己的顏色！」黃色觸手憤怒的吼聲在看清橘色觸手和綠色觸手時戛然而止，它像被口水嗆到般連咳了幾聲，接著爆出不留情的嘲笑，「哈哈哈哈！綠色你變太矮了吧！橘色你的吸盤呢？你是禿了嗎？那你有變強嗎？」

「不強，很弱。」一道稚氣嗓音先行回答。

聽見聲音的兩條觸手齊齊一抖，這下也不再爭著要替黃色觸手出頭，而是不約而同地全往它身後縮去。

它們努力地壓縮體積，彷彿要把自己的存在感降到最小。

符芍音帶著小甜和場記過來與柯維安會合，手上的斬馬刀沾染大量橘色和綠色液體，如同被潑上水彩顏料。

而從橘綠兩條觸手的瑟縮反應來看，不難猜出那些顏色來自於它們。

「你們兩個太遜了吧。」黃色觸手不屑同伴的退縮，「這麼不積極，只會一輩子單身到老啦！你們難道不想要好男人？」

「想……想啊。」兩條觸手囁嚅地說。

「不想要好女人？」

「想！」這次聲音稍微大一點。

「不想要同時擁有好男人跟好女人？」黃色觸手氣勢高昂地嚷。

「超級想！」受到激勵的橘色觸手和綠色觸手扯著嗓子，異口同聲地大喊。

「那就拿出行動！爲了脫單，爲了成功聯誼，兄弟們衝啊！」黃色觸手一馬當先，撲向了在它看來嬌小可愛，讓它只想好好纏住不放的白髮小女孩。

另外兩條觸手迫不及待地轉向柯維安等人，發出了「嘿嘿嘿、呼呼呼」的笑聲。

「好香好香，又甜又香！」

「好想舔喔！哈嘶哈嘶！」

橘色觸手和綠色觸手昂起疑似頭部的部位，就像突襲的眼鏡蛇般撲向柯維安，卻又在後者提筆對抗的剎那間大力往旁一扭。

兩條觸手竟是虛晃一招，它們的目標從一開始就不是柯維安，而是他後面的小甜和場記。

成功將柯維安甩在後頭，橘、綠觸手歡呼一聲，全身散發快樂的氛圍。

「我們來了，讓我們舔！」

「我最喜歡甜甜的聯誼對象了！」

「靠靠靠，不准舔！」柯維安即刻扭頭，毛筆在地板畫出綿長的金亮筆畫，與先前四散的墨漬正好拼組出一個凌亂的封字，「去——」

隨著筆尖猛力摁下，地面上的「封」字亮起光芒，釘住了綠、橘觸手的動作，讓它們像僵住的浮空雕像。

「橘色！綠色！」黃色觸手一扭頭，望見的就是令它觸鬚顫動的這一幕。同伴之愛讓它咬牙放棄向符芍音提出聯誼要求，它利用身下絨毛靈活地扭動身體，「唰」的一聲就要高速滑向同伴。

然後它發現，滑……滑不動！

黃色觸手大吃一驚，回頭才發現自己的末端不知何時被貼上了多張白色符紙。

明明是輕飄飄、只要一掙就能甩開的長條紙張，如今卻有千斤重，壓得它怎樣也無法前進。

而在它心目中精緻可愛、像洋娃娃的小女孩，高舉那柄嚇人的斬馬刀，刀鋒凜凜，即將對著它一斬而下。

黃色觸手大驚失色，慌張之下竟搶先分裂了自己。

但它力道過猛，前半段像失控的彈簧直飛出去，落地時煞車不及，橫掃過地上金色的「封」字。

沾上金墨讓黃色觸手一邊哀嚎、一邊彈跳，身上分泌出的鮮黃液體也噴得激烈，地上金字頓時髒得一塌糊塗，再看不出原樣。

停在半空中的橘、綠兩條觸手立刻恢復自由，搖擺著身軀，直直衝向躲在牆邊的小甜和場記。

「快往左邊用力跳過去！」驚見情況不對，柯維安果斷大喝。

小甜和場記不敢遲疑，依照柯維安的吩咐往左邊一跳。

她們成功地跳出觸手的攻擊範圍，卻沒留意地板上濺滿了金墨和觸手汁液，被迫腳下打滑，狼狽地跌到一塊。

場記的眼鏡還被撞掉，她慌張伸手摸索，一不小心反倒把它揮到了另一邊。

面對洶湧逼來的兩條觸手，柯維安和符芍音默契十足地握緊武器，毛筆和斬馬刀下一瞬如球棒揮舞。

橘色觸手和綠色觸手遭到凶猛擊打，倒飛了出去。

它們一路撞倒室內諸多物品，乒乒乒乒聲響起，最後和黃色觸手難兄難弟地滾成一團。

接連被毒打的三條觸手抱團哭泣。

它們只是想聯誼，爲什麼要受到如此令人髮指的對待？

它們哭得淅瀝嘩啦，決意向它們最強大、最威武，也最厲害的藍色觸手求救。

「藍色救命！快救——」

哭嚎聲驟然停下，三條觸手此時才驚覺到一件事。

它們最龐大的好兄弟怎麼不見了？

那麼大的一條藍色觸手，怎可能短時間內就消失？

三條觸手心急如焚地四下搜尋，它們從左看到右，又從上看到下，然後在「下」這個方位僵住了目光。

它們驚懼地發現到藍色觸手居然不知不覺被黑令削成了無數截，每一截都氣若游絲地蠕動著。

而那名穿著黑色連帽外套的灰髮青年還沒有停手。

他面無表情地拿著旋刃繼續把藍色觸手切片處理，邊切還邊平淡無波地數著，「九十七、九十八……」

搭配展覽室裡陰暗的光線，黑令的模樣簡直像是冷血殺人狂。

觸手們嚇得抱在一起瑟瑟發抖。

「黑令……」柯維安舔舔嘴唇，有種我方才是窮凶惡極大反派的感覺，「你是要切成多少片？」

「三百六十五吧。它剛放話說，要把我砍成三百六十五段。」黑令淡淡地說，動作不停，「它做不到，我可以。」

「呀啊啊啊啊啊啊！好可怕！有變態——」觸手們嚇得花容失色，再也不敢找這票人聯誼，免得自己也被削成三百六十五片。

被困在光網中的紅色觸手二話不說主動切了自己，再從網格中小心翼翼地跳出來，飛快爬向同伴。

「快，帶我走！救救可憐的孩子，別拋下我！」

黃色觸手急忙用僅剩的觸鬚撈起紅色觸手，與同伴逃跑前，沒忘記把散落一地的藍色觸手切片一併捲走。

觸手們呼啦啦地來，又呼啦啦地離去，轉眼間消失得一乾二淨，徒留眾人待在一片狼藉的展覽室。

充滿破碎物和各色液體的空間一時只聽到眾人的呼吸聲。

還有一道不明顯的沙沙聲。

柯維安下意識循聲望去，發現躲在牆邊的雁子不知何時捧著一個小本子，振筆疾書地在上面寫著什麼。

難不成，那就是厄夢之書？

心念電轉間，柯維安即刻揚聲警告，「雁子姊小心，妳腳邊還有觸手殘渣！」

「哪裡？在哪裡？」雁子嚇得停下筆，反射性往旁連退好幾步。

柯維安趁機縱身飛撲，眼疾手快地搶走雁子的小本子。

等雁子反應過來，本子早已落至柯維安手中，「維安，快把那個還我！那個不能隨便看！」

「對不起，等等。」符芍音將斬馬刀橫在想搶回書的雁子身前，還不忘有禮貌地致歉。

「不好意思啊，雁子姊，我看一下就還妳。」柯維安飛快翻開第一頁，想確認上面有沒有寫著「厄夢之書」四個字。

這一翻，柯維安沉默了。

有沒有「厄夢之書」他不知道，他只看到好多串潦草的鬼畫符。

「那個，雁子姊……妳這是寫什麼？」柯維安捧著小本子，虛心求問。

也不曉得是不是私人物品被搶走，心裡不高興的緣故，雁子沒有回答，眼神看天看地，就是不看向柯維安。

「研究……觸手能不能防止被催稿。」一道低低男聲忽地自柯維安頭頂落下，「這是第一行。」

「爲什麼你看得懂！」不光柯維安震驚了，連雁子也不敢置信地尖叫。

「因爲我是天才。」黑令臉不紅、氣不喘地說，「第二行是……」

「啊！別唸、別唸！後面的就別唸出來了！」雁子慌張阻止，「好歹留點面子給我吧！」

「沒有『厄夢之書』這幾個字？」柯維安向黑令確認。

「沒有。」黑令說，「出現率最高的是裝死、拖稿、霸道碟仙好智障、老娘不想幹。」

既然都被抖出來了，雁子一臉自暴自棄的表情，「不行嗎？成熟大人也會想吐槽跟抱怨的。」

這聽起來就很不成熟了，不過柯維安明智地沒有說出來。他將小本子還給雁子，但仍沒有把她從嫌疑人的名單上劃掉。

柯維安想了想，向雁子說道：「雁子姊，妳身上還有其他書或記事本的東西嗎？」

「啊？」雁子一頭霧水，不明白話題怎會轉到這，「沒有，我就只帶這本。」

「眞的沒有了？」柯維安往黑令拋個眼神，示意他堵住雁子另一側，「這很重要。」

「真的沒有，我用我最可愛的小姪女發誓。」雁子信誓旦旦地說，「你想要記事本的話去問小甜或大甜嘛。」

柯維安愣住，「大甜，大甜是誰？」

「她啊。」雁子指向低頭摸尋眼鏡的場記，隨即驚訝地反應過來，「不是吧？你到現在還不知道場記叫什麼嗎？」

柯維安語塞，他還真的不知道，拍戲過程中，他和對方沒什麼接觸。只記得對方是一名長髮、戴著厚重眼鏡的女性，總是低著頭，抱著一本厚厚的筆記本，似乎無時無刻都在記錄各種事項……

等一下，筆記本、記錄？該不會場記其實才是……

也不對啊，那晚場記根本沒有跟他們在一起，除非她躲在門外偷聽。

不不不，這不可能吧，還是說場記也想到觸手從臉部跑出來這個點子，才會有織女廟的那幕？

還沒等柯維安理出清楚思路，只見到符芍音已走向場記，彎身替她撿起被她無意間越推越遠的眼鏡。

「給。」符芍音將眼鏡遞給面前的長髮女性。

「太謝謝妳了。」場記仰起臉，素來因低頭姿勢跟頭髮而被遮掩的臉蛋，這下毫無遮掩地落入符芍音眼中。

符芍音睜大眼，本來遞向前的眼鏡瞬間收回。

「呃，不好意思？」場記迷茫地望著前方的模糊人影，「能不能將眼鏡給我，沒眼鏡我就看不清東西。」

「小芍音，怎麼了嗎？」柯維安察覺到這一角的異樣。

「哥哥，看她。」符芍音向旁退一步，好讓柯維安能直視場記，再抬手指向另一人，「再看她。」

「妳說看……」柯維安第一時間沒意會符芍音說的「她」是指誰，可當他看清場記的容貌，不禁吸口氣，猛然扭頭望向小甜。

場記的臉，赫然與小甜有七、八分相似！

一瞥而過，幾乎讓人誤以爲那就是小甜。

「欸欸欸？大甜妳沒戴眼鏡，原來跟小甜那麼像嗎？」雁子也大吃一驚，「妳們該不會是親戚吧？怎麼都沒聽妳們說過？」

「咦？欸？不，我不知道……」場記一臉茫然地跪坐在地，縱使看不清景物，也忍不住朝大概是小甜所在的位置望去。

「小甜，難道她眞的就是……」柯維安急急問道。

剎那間，成爲注目焦點的小甜卻是表情僵硬，下一秒轉身就跑。

柯維安怎樣也沒料到小甜會這般反應，情急之下，他高喝一聲，「黑令！」

被點名的黑令沒有如柯維安預期的拔腿追上，只是舉起手臂，將手上武器當成標槍擲出。

銀紫色旋刃撕裂空氣，像是一束絢爛流星疾劃而過，越過小甜的頭頂，悍然地墜落在她腳尖前數公分之處。

小甜腦中一片空白，當場被嚇得一屁股跌坐在地。等她想要急急爬起，已有條人影像漆黑鬼魅般靜靜佇立在她身後。

黑令輕鬆地將人一把拎起，還不忘拔起旋刃架在小甜脖子前。

柯維安得說，黑令越看越像恐怖大反派了。

逃脫未果的小甜被重新扔回地上，摔落在大甜身邊。

兩人靠得近，看起來更像了，活脫脫一對容貌相似的姊妹花。

「所以說，那個……現在到底是怎麼回事？有誰能告訴我嗎？」雁子抱著她的吐槽兼靈感記事本，感覺如墜五里霧。

從剛才嚷著要聯誼的觸手大軍、變成木頭小人的劇組同事，還有看起來戰鬥力一點也不像普通人的柯維安他們……

他們手裡還平空冒出了神奇的武器！

「不行、不行，我得想辦法記下來！」雁子一下就從百思不解變成了情緒高漲，連忙提筆在本子上塗塗寫寫。

「我也想知道現在是怎麼回事，但能不能先把眼鏡還給我？」沒了眼鏡，大甜視物彷彿霧裡看花，讓她非常沒有安全感。

柯維安看著那兩張極為相似的臉孔，電光石火間，一個大膽的想法躍出他的腦海，他一個箭步上前，雙手就要抓住大甜的肩膀。

可有人的動作比他迅速。

離大甜最近的符芍音搶在柯維安之前動手了。

或者說動頭。

白髮小女孩毫無預兆，低頭就是一記強而有力的頭鎚，重重撞上大甜。

大甜只來得及看到一個模糊色塊以高速朝自己逼近，隨即只剩慘叫一聲。

「好痛啊啊啊啊啊！」大甜被撞得眼冒金星，淚水控制不住地在眼眶裡打轉，「什麼東西那麼硬！」

「我的頭。」符芍音正經八百的語氣隱約帶有一絲驕傲。

柯維安覺得這樣的妹妹可愛得要命，但還是決定要嚴正教誨，「小芍音，下次別自己來，妳可愛的額頭要是不小心受傷了怎麼辦，我會心疼死的。這種重勞動就讓我，或者黑令來吧。」

「嗚嗚嗚，別人的頭就不重要了嗎？」大甜一邊承受著痛楚，一邊淒慘抱怨，但很快她就痛得說不出話來，整個人蜷縮成一團。

「她……她沒事吧？」雁子停下筆，緊張地問，「這該不會是什麼重要儀式吧，我看你們今天下午在織女廟也做了一樣的事。」

「織女廟……啊！」柯維安驚呼出聲，「難道說，那時候的人影是雁子姊妳嗎？」

不小心透露行蹤的雁子不好意思地摸摸鼻子，「我不是故意要偷看啦，就是剛好瞄見維安你身邊有不認識的人，忍不住多看了幾眼。然後因爲太好奇……」

柯維安明白了，好奇心讓雁子從起初的偷窺進階成躲在廟宇窗櫺外偷聽。

「我本來還想說是你的獨特興趣，喜歡跟朋友這樣玩……」雁子若有所思，「因爲你被撞完後，有種奇妙的神清氣爽感。」

「不不不，這是誤會，天大的誤會！」柯維安瘋狂搖頭，才不想因此被貼上奇怪的標籤。

雁子又接著說下去，「唔，有點難形容，但感覺你周遭氣息……變得更清爽了？大甜現在也給我類似的感覺。所以我想，我是不是也該來一下？還是來一下吧，我的直覺這麼告訴我。拜託你了，維安！」

「咦？我嗎？」柯維安沒想到自己會被點名。

「對啊，黑令的頭感覺超硬。」雁子沒忘記下午看見的那幕，就算隔了點距離，她還是看得出黑令的頭鎚挾帶著千鈞之力。

黑令一撞下來，別說神清氣爽了，她怕自己直接要見神。

「芍音那麼小，那麼可愛，剛已經撞過大甜了，我可捨不得她再撞一次。」

柯維安自己也捨不得，忽略符芍音在一旁拍胸脯嚴肅地說自己可以，他按住雁子的肩膀，眼一閉，咬牙朝對方前額撞下去。

柯維安和雁子同時摀著額，疼痛萬分地各自縮在一邊，好半晌都說不出話來。

見柯維安幾人的注意力不在自己身上，小甜努力壓低存在感，偷偷地、偷偷地往旁邊挪動。

然而才剛像鴨子笨拙地挪了幾步，就發覺有個銳物在戳自己的背。她心驚膽跳地扭過頭，瞧見黑令垂著眼看自己，旋刃正有一搭、沒一搭地戳著，似乎在等待自己有更大的動作，到時便能不用找理由直接把她捅成串燒……

小甜面色發白地再挪了回去，假裝剛剛自己什麼也沒做。

蹲縮在地上的人變成三個，乍看下像三朵大蘑菇。

大甜先緩過來，扛過那波猛烈疼痛後，她霍地抬起頭，眼珠由黑變成粉紅色，有如猛獸出柙般撲向了縮在一旁的小甜。

小甜大驚失色，要躲卻比不上大甜的速度。

大甜一把揪住小甜的衣領，抓著人就是一陣粗暴的前後搖晃，搖完再換左右搖，如此反覆。

柯維安和雁子看得張大嘴，第一次知道劇組裡這位低調的同事原來有著如此驚人的力氣。

小甜被大甜舉得離地，像杯手搖飲般不停上下震晃。

「光看就要暈了……」柯維安喃喃地說，「這會被搖到吐吧。」

如同呼應柯維安的話，小甜雙腳重新沾上地面後，立即腿軟跪下，摀著胸口發出了陣陣乾嘔聲。

然後……吐出了一本書。

柯維安起先還以為自己眼花了，再揉揉眼，那本書還在。紅得就像泡過鮮血，好似散發著濃濃的邪惡氣息。

但其實那只是因爲吸滿太多紅絲絨糖漿的關係，也可能還沾上了小甜的口水。

「就知道妳把書藏在肚子裡，妳這個小偷！」大甜一屁股坐在小甜背部，冷酷無情地把人坐趴在地。

一陣雪白光芒驟然亮起，等白光消散，大甜和小甜都消失了，取而代之的是疊在一起的兩個甜甜圈。

上面的是撒滿巧克力米的巧克力甜甜圈；被壓在下面、試圖掙扎，但都被鎮壓住的那個則是米色甜甜圈。

「我這是在作夢嗎？」雁子揉著紅腫的額頭，茫然望著眼前堪稱離奇的一幕，「人變甜甜圈了？還是兩個長腳的甜甜圈？這什麼獵奇甜點啊……」

「這不是甜點……呃，應該不能吃吧，我想正常人都不會想吃吧。總之……」柯維安清清喉嚨，鄭重地為雁子介紹，「它們是來自甜得要命星球的外星人，上面那個是甜甜丸。至於下面那個，則是叫作甜甜餅。」

第八章

如果有一天，當你發現自己的同事和所處職場都是假的，甚至同事連人都不是的時候，究竟該怎麼辦？

對雁子來說，這個問題雖然聽起來很扯蛋，放在網路上發帖詢問可能還會被嘲笑說這是哪來的幻想文，但也不是沒辦法回答。

畢竟她才剛經歷過。

所以她的答案就是——當然是把遭遇的一切通通記下來！這可是絕讚的靈感來源，未來的寫作素材呢！

嗯，不過要等她把手上積欠的這本寫完再說……可能再拖個一、兩年之類的吧。

全名是夏舒雁的雁子揉揉臉，至今仍有種不眞實感。

一開始她以爲自己是個編劇，被猛力撞頭後想起自己原來是小說家，因逃避工作而跑到繁星市的美術館看展覽。

然後接到編輯的催稿電話，正試圖唬爛對方其實自己還待在家裡賣力工作之際，突然一陣天旋地轉。

接著她就被吸進一個奇異的世界，記憶被擾亂，遺忘現實裡的經歷，把自己當成《霸道碟仙愛上我》劇組的一分子。

最後，她又全部回想起來，包括她設法逃避的稿件進度。

現在她則是待在青蘿第二美術館的一間展覽室裡，看著兩個據說是外星人的甜甜圈轉眼又變回人類模樣。

一個叫甜甜丸，一個叫甜甜餅。

然而更早之前，她們分別叫大甜、小甜，是與自己同劇組的場記跟化妝師，也就是她以為的同事們。

「讓我來理一理目前的情況……」雁子拿下鯊魚夾，把散落大半的長髮再次夾回腦後，「甜甜丸、甜甜餅，是外星人。然後甜甜餅偷了甜甜丸的傳家之寶厄夢之書，把我們幾個人都吸進書裡，也就是現在這個世界，對吧？」

柯維安幾人點點頭。

「再來是維安你們……」雁子拿起筆，認真地在本子上記錄，「是陪甜甜丸來抓小偷的，擁有奇妙的特殊能力，能夠變出很炫的武器，反正不是普通人就對了。」

柯維安幾人繼續點頭。

「原來如此……嗯嗯嗯，我了解了。」雁子低頭寫了寫，又抬起頭發問，「回去原來世界後我的記憶會被洗掉嗎？就像電影演的，閃一下光，然後我就全部不記得了？」

「唔，這得問那兩位。」柯維安指指兩名外星人。

就算回復人形，甜甜丸還是坐在甜甜餅背上，把人壓得像隻扁掉的青蛙。

雖然兩人目前體格看起來差不多，但柯維安可沒忘記原形時，甜甜丸比甜甜餅胖上了那麼一圈，也難怪她現在可以把甜甜餅壓得動彈不得。

「有直接關係，例如委託人、被委託人……」聽到疑問的甜甜丸先是比比自己，再比向柯維安他們，「就不會忘記。所以雁子妳會把這裡的事忘得一乾二淨，沒忘記也會用物理方式確保妳忘記，外星人還是要低調的嘛。」

「既然是外星人，好歹拿出一點高科技方法來洗去記憶吧。」自從認識甜甜丸，外星人神祕的形象在柯維安心中基本上是碎光光了。

「那我記在這上面的東西呢？」雁子如臨大敵地緊緊抱著本子，「洗去記憶沒關係，但裡面的內容絕對不能消除！這都是滿滿靈感，是超級重要的寶貝，事關我未來作品的存活！」

柯維安看著雁子身上那件寫著大大「天窗」的T恤，「雁子姊，準時關窗、不拖稿，才是未來作品能否存活的關鍵吧。」

「啊？你說什麼？我聽不到。」雁子若無其事地忽略這個話題，目光期待地瞅著甜甜丸，「這能留著嗎？看在這幾天的同事之情，拜託了。」

甜甜丸表示她們是通情達理的外星人，「出去後會檢查一下妳的本子，只要不把我們的祕密洩露出去，就不會動它。」

「呼，那就好……」雁子拍拍胸口，她只是想把至今看見的事物記下當靈感，沒打算四處向人說自己碰上活生生的外星人，「那我沒問題了。」

「這麼快就沒問題了？雁子姊妳接受速度太快了吧。」柯維安都準備好一堆說詞要來矇混過關，結果一個也沒派上用場。

「哈哈哈，就當一趟取材之旅囉。再深入的我不問，你們也不用告訴我。」雁子看待事情一向有自己一套準則，「反正我只要能帶著我的靈感小本本順利回去就行……唔，等等。我好像忘記問了，所以我們要怎麼回去？」

這問題問到了重點上。

原本說的是拍完這部電影才能完成心願回去，但柯維安現在也無法確定甜甜餅當初的說法是不是在騙他們。

事實上，要不是甜甜餅太快露出馬腳，柯維安還眞沒想到對方恢復記憶後，會順勢僞裝成他們的委託人，與他們一塊行動。

幾人視線頓時齊齊轉向兩名外星人。

「問妳呢，妳這個笨蛋小偷！」甜甜丸又捏住甜甜餅的耳朵往外扯，「不說實話我就變回原形壓死妳。」

「嗚嗚嗚嗚，堂姊不要啊……妳眞的太胖了，我的內餡會像十歲那年那樣，被妳噗滋噗滋壓出來！」面對甜甜丸可怕的威脅，甜甜餅當場被嚇得哭出來，「我說，我什麼都說！我就只是想圓一個拍電影的夢想，但又沒錢，才會想偷偷借一下厄夢之書，用完就還回去！眞的！」

「妳那叫借嗎？妳那叫偷！哼，回去星球後，我要把妳的內餡挖出來，擠進一堆最辣的辣椒醬，妳就等著由內到外辣死吧。」甜甜丸冷酷地宣告未來處置，這才鬆開手，不再壓坐著甜甜餅不放。

「求求妳辣椒擠少一點，讓我保留一點甜得要命星人的尊嚴吧！」甜甜餅哭得一把鼻涕、一把眼淚，抱著甜甜丸的大腿苦苦哀求。

「她不吃辣嗎？」符芍音不是很能理解外星人們的交流，「辣，好吃。辣甜甜圈，也好吃。」

「小芍音妳竟然有吃過這麼奇怪口味的甜甜圈？不會太辣嗎？那時候沒被辣到喉嚨吧？」柯維安機關槍般地追問。

「抗辣，不怕。」符芍音板著的小臉上有一絲藏不住的得意。

「我也能吃辣。」黑令插嘴道。

「好喔好喔，你眞是好棒棒。」柯維安無比敷衍地揮揮手，注意力回到外星人身上，「要離開厄夢之書，是不是眞的得把電影拍完才行？」

「嗝、嗝……對……」甜甜餅哭得打嗝了，她抹去糊了整張臉的眼淚，規規矩矩地跪坐在甜甜丸腳邊，不敢再有任何隱瞞，「我之前說的沒騙你們，我許的願是拍完電影，所以一定得拍完《霸道碟仙愛上我》才能脫離這個世界。」

聽完甜甜餅說的，柯維安和雁子對望一眼，再扭頭沉默地望向另一端的狼藉。

燈具和攝影器材在剛才的觸手大戰中毀損大半，成為一堆昂貴的廢棄物。

但最大的問題不是這個。

最大的問題是……沒了導演和男女主角，這部電影到底該怎麼拍？

似乎也意識到問題出在哪，甜甜餅忙不迭出聲挽救，「還可以拍的！你們看地上那些名牌，把它們別到衣服上，就可以成為那個身分，這樣電影拍攝就能進行下去。而且所謂的拍完電影，只要拍完結局那段，就算是拍完了。」

「結局？啊，是說大家都死光，只剩男女主角，然後男主被碟仙附身，對女主壁咚告白那幕嗎？」雁子回想劇本內容，「這樣只要有男主角、女主角，再加上導演跟攝影師，基本上四個人就夠了。」

「那個……還要有場記。」甜甜餅縮著肩，小聲地說，「我一直很憧憬拍電影時有場記打板，所以許願時……」

「場記我來吧，反正我本就是場記了。」甜甜丸嘖了一聲，「不過別以為我幫妳，妳就能躲過辣椒醬之刑。」

「謝謝妳，甜甜丸！」甜甜餅感動得眼眶泛淚，就連辣椒醬之刑的恐怖一時都拋到腦後，「你們等我一下，我去把名牌拿過來！」

散落一地的名牌沾裹著各色液體，甜甜餅嫌逐一辨認太麻煩，乾脆把能看到的先收集起來，帶回去再擦乾淨。

恢復閃亮的金屬名牌被排列在地板上，上頭寫著劇組的各個職位。

「我可以當導演。」甜甜餅以身作則，率先拿起導演的名牌，「場記是甜甜丸，雁子本來就是編劇了，然後是攝影師和男女主角……」

「這個就給你了。」柯維安迅雷不及掩耳地撈起攝影師的名牌塞到黑令手上，接著再搓搓手，喜孜孜地拿起了男主角和女主角的名牌，「我來當女主角，小芍音則是最最最可愛的男主角啦！」

符芍音一絲不苟地將名牌別好，指指上頭的「男主角」三字，「是帥氣。」

「可愛又帥氣！」柯維安熱情地為符芍音鼓掌，絲毫沒留意到雁子見他選了女主角後表情微露古怪，最終歸爲一絲同情。

黑令倒是見到了，但柯維安沒主動問，也沒叫他開口說話，於是他就順理成章地繼續當個背景板。

工作角色都分配好了，甜甜餅別上導演名牌，吩咐黑令拿出手機，「我們等等就用手機拍吧，你先試著把鏡頭對準維安和芍音。」

黑令依言舉起手機，發現螢幕裡的人變成了原男主和原女主，也就是楠渚和呂依的模樣。

甜甜餅踮著腳尖，湊過去瞄一眼，「很好，主角沒問題。再來就是台詞，維安你們到時候戴耳機，雁子拿劇本負責在旁邊提詞，你們再照著說出來就好。」

「我這裡沒完整劇本耶。」雁子傷腦筋地說道，「前導演是有讓我看完全部劇情，但給我的劇本也是少了結局的，壁咚之後的台詞沒在上面。而且我身上還有個神奇的保密協定，不能跟別人說結局，這樣就算拿到完整劇本，我也沒辦法唸出台詞吧。」

「雁子姊，原來妳是真的說不出來啊？」柯維安當初還以為那是誇飾法，沒想到真的如字面上所言。

「保密協定這個簡單，我現在是導演，我說不用保密就不用保密。」甜甜餅啪地拍下手，掌聲一響，雁子頓覺身上少了某種束縛，「好了，沒問題了。」

「那我試試。其實女主角被碟仙壁咚告白後，就……」

「等一下啊啊啊！不要馬上就說啊！好歹等拍到那邊時再講啦！」甜甜餅沒料到雁子說劇透就劇透，慌張地撲過去緊摀著對方的嘴，「那是最高潮的地方，妳現在說出來，維安他們就不能流露最眞實的反應，達不到我要的效果了！」

「這麼神祕的嗎？」柯維安對結局越加好奇了，「到底是多出人意料的結局呀？」

「嗯……是挺出人意料的。」甜甜丸捧著厄夢之書，若有所思地回答，「甜甜餅的腦袋有時候還是可以期待一下的，看在這個結局的份上，我辣椒醬可以少灌五滴。」

「甜甜丸……」甜甜餅熱淚盈眶地回頭望著堂姊，「能不能乾脆不要灌了？」

「再討價還價，我就多加一瓶。」甜甜丸把厄夢之書拋給了雁子，「完整劇本在這。」

「咦咦咦？這……」雁子手忙腳亂地接住那本充滿不祥氣息的書，拿在手裡覺得萬分燙手，「這不會詛咒人吧？這書看起來很邪惡耶！」

「沒事，那書只是泡了紅絲絨糖漿才那麼紅。」甜甜餅安慰道：「全部台詞都在上面，雁子妳只要注意別寫任何東西進去就好，不然很可能會成真，例如那些觸手大軍。要不是失憶，我昨晚絕對不會拉著你們一起聊觸手跟殭屍的……」

說到後來，甜甜餅臉上是掩不住的懊悔之意。

除了在書上寫下的內容會成真外，厄夢之書還會在使用者情緒變得高亢時吸收周邊人說的話，對這個書中世界做出改變。

偏偏昨晚她還沒有恢復記憶，更帶著厄夢之書在身上。這下好了，那些閒扯都被厄夢之書運用上，導致觸手接二連三地冒出來。

「什麼觸手？什麼殭屍？」甜甜丸沒跟到昨晚的宵夜聚會，她先是面露不解，隨後一雙眼睛越睜越大，頭髮像是要被勃發的怒氣刺激得豎起來，「甜甜餅！剛剛的觸手是妳弄出來的！」

「嗚啊啊啊啊，我不是故意……甜甜丸妳別抓著我，拜託別把我舉起來！」甜甜餅的求饒完全沒用，她再度重溫被當成手搖飲猛烈搖晃的滋味。

半晌後，甜甜餅按著牆，慘兮兮地對著牆邊發出陣陣乾嘔。

甜甜丸看起來怒意未消，畢竟任誰發現不久前遭遇的觸手危機根本是自家蠢堂妹惹出來的，能擺出好臉色才奇怪。

雁子不想在這時候打擾這對姊妹的交流，但她不得不開口。

「那個，不知道你們還記不記得……大結局那幕是在哪裡拍的？」

「記得啊。」除了對結局走向不清楚，柯維安也是看過大部分劇本的人，「就在幽魂展那邊……」

柯維安忽然沒了聲音，他張著嘴，但就像失去發聲能力，只能面露驚恐地看向雁子，再看向從牆邊轉過臉，臉色漸漸轉白的甜甜餅。

三個人大眼瞪小眼，接著不約而同地倒抽一口涼氣。

他們昨晚聊了觸手，還聊了殭屍。

而幽魂展，最大的展示物就是被稱爲「不滅屍王」的殭屍啊！

明知山有虎，偏向虎山行。

誰來看，這都是冒失衝動又不顧安危的行動。

如同柯維安幾人現在正在做的事。

明知道幽魂展裡的殭屍很可能隨時會動，他們還是必須硬著頭皮在那間展覽室裡進行電影結局的拍攝。

柯維安不是沒想過換個地點，反正在哪告白不是告白？

比起陰森森、布滿各種幽魂鬼怪，還有個懸空巨型殭屍的幽魂展，美術館肯定有其他更適合的地方來拍這一幕。

最起碼可以和殭屍拉開距離，萬一眞出了什麼問題，他們還有時間應對，不用馬上面對動起來的大殭屍。

但這個要求被甜甜餅含淚駁回了。她吸著鼻子，抽抽噎噎地告訴柯維安等人超級不妙的消息。

「其、其實啊，寫在厄夢之書上的劇情，是不能改動的……上面說告白場景在幽魂展，就得在幽魂展拍，不然電影不會被認定拍完。所以，對不起嗚嗚嗚……我們還是快點到幽魂展那邊，只要用最快速度拍完，說不定殭屍都還來不及動起來！」

「甜甜餅沒騙人呢。」甜甜丸也無奈作證，她是厄夢之書的持有人，對書的特性相當了解，「劇本明確寫著在幽魂展、在那具殭屍旁邊告白，就得照上面說的去做。」

「誰告白會選在殭屍旁邊告白啊？那個碟仙主角有病嗎？」柯維安發出靈魂質問，「不，寫這個劇本、想出這個情節的人才是眞正有病吧！」

「我那是藝術！是創意！」寫出劇本、想出這個情節的甜甜餅挺直背，試圖捍衛理想。但一對上旁邊黑令的眼神，就像小白兔撞上了大灰狼，嚇得直打哆嗦。

甜甜餅邊抖也不忘完成她的電影結局，在她顫著嗓音的指導下，一群人移駕到幽魂展的展覽室。

與上一個展間相比，這裡燈光更加幽暗，光線隱隱泛著青森，投映在周遭的展示品上，彷彿替它們添加了鬼氣森冷的效果。

其中最顯著的，莫過於正中央、被懸吊在空中的那具大殭屍。

它穿著清朝官服，頭戴官帽，腳上是一雙黑色皁靴。雙臂舉得平直，尖長的指甲泛著青黑，乍看下就像隨時會大力躍起，掐抓上無辜人的肩膀，把人刺出一排排血洞。它膚色青白，雙頰凹陷，嘴唇微張，尖利的獠牙齜出，使得那張臉猙獰嚇人。

柯維安仰著頭，看著體型起碼大自己三圈的殭屍，吞吞口水，忍不住雙手合十地祈禱，「師父保佑，千萬別讓這隻動起來……」

不然這部靈異愛情片，就能直接轉型成怪物片了。

三倍大的殭屍，這不是怪物是什麼？他是絕對不想被這種東西追著跑的！

殭屍散發的壓迫感太大，甜甜餅不由得放輕音量地指導柯維安、符芍音和拿手機拍攝的黑令的站位。

以防萬一，柯維安將他的毛筆幻化成一串金紋，圈繞在自己手腕上，若有意外，便能在最短時間做出反擊。

等眾人就定位，甜甜丸拿著打板往中間一站。

「ACTION！」甜甜餅喊。

她緊跟在黑令身邊，盯著手機螢幕裡的畫面，爲即將拍攝的大結局緊張不已。

他們這一幕是要拍女主終於知道碟仙的存在，然後附身在男主體內的碟仙要向女主告白。

畫面外，別著男主角名牌的符芍音將飾演女主角的柯維安逼到了無人的牆邊。

符芍音面無表情，紅眸專注，她冷不防伸出手臂，將柯維安困在自己與牆壁之間，完美地達成劇本裡需要的壁咚。

雁子抱著厄夢之書，趕緊唸著男主角的台詞，讓符芍音能透過耳機跟著複述。

「從我被召喚出來的那一刻，我就感覺到我們彼此間有著一條紅線。現在礙事的人都不在了，我知道妳的心裡其實有我，別再抗拒我了，當我的女人吧。不要理那些無關緊要的傢伙，我，一定會讓妳幸福的！」

在常人看來不算太難的句子，對符芍音來說卻有點過長，更何況還要一口氣流暢地說出來。

那張雪白的臉蛋還是相當有氣勢地板著，但眼睫毛卻比以往眨動得更快，長長的一串台詞在舌尖轉了半圈，最後變成簡潔有力的幾個字。

「紅線礙事，別抗拒，當女人，會幸福。」

不待柯維安露出呆滯的神情，甜甜餅率先大喊，「卡卡卡！是告白，是告白！不是叫柯維安去變性！」

「小芍音啊……雖然穿女裝對我也不是難事，但我還是比較喜歡現在的性別。」柯維安哭笑不得地說。

「錯誤，反省。」符芍音垂著頭，兩根食指相互抵了抵。

「我們重來一次，一樣從壁咚那邊開始，雁子妳台詞再唸慢一點。」符芍音認錯態度誠懇，甜甜餅也不好意思指責小孩子，更別說人家還是臨時來幫忙支援男主角的，「芍音，妳慢慢說沒關係，反正說得慢更能表現出碟仙的霸道，重點是要說完整。」

只有一字不漏地完成寫在厄夢之書上的台詞，才能讓劇情再往前推進，見到完結的曙光。

第二次的打板聲很快在展覽室落下。

符芍音一手按在柯維安身後的壁面上，拉近兩人之間的距離。

有了第一回經驗，雁子放緩唸台詞的語速，也不管句子的連貫性，盡量三、四個字拆開來說。

符芍音這次成功了，當她唸出最後一個字，小臉還是繃著，可一雙眼睛卻是亮晶晶地看著柯維安，就像矜持地等待他的誇獎。

要不是還在拍戲，柯維安眞想爲符芍音熱烈鼓掌。

不愧是他的妹妹，可愛度破千，萌度破千！

雁子的聲音從耳機裡傳來，「維安，換你了，這裡女主角要展現她堅強不屈的意志。就算面對碟仙，也絕不會改變自己的擇偶標準，記得語氣要夠硬夠狠。」

柯維安回想著機車室友A的說話方式，覺得自己肯定能揣摩出夠硬夠狠的精髓。

「不，我不喜歡你，就算你用了阿渚的身體，我也不可能會喜歡你的。」

「爲什麼？既然妳不喜歡，那我就再換……」

「換再多人也沒用，我不喜歡……活的。」柯維安用了極大的力氣，才沒讓語尾失控揚起，但他的表情藏不住他的驚愕。

什麼叫不喜歡活的？難不成這個女主角喜歡死的嗎？

「那我立刻把這具身體弄死。」

「你弄死也沒用，剛死的太新鮮了，不是我的菜。我喜歡放更久的，你後面的那個殭屍才是我欣賞的類型，被歲月沉澱淬鍊過的屍體，眞的太帥了。」

雁子語速飛快，柯維安爲了追上，沒細思自己跟著唸了什麼，等說完最後一個字，才猛然反應過來。

「我靠！所以這女主角戀屍嗎!?」

「卡！」

柯維安高八度的驚叫和甜甜餅的喝聲交織在一起，落在燈光幽暗的展覽室裡。

拿著手機的黑令按下暫停鍵，螢幕停格在「男主角」睜大眼，而說出驚人之語的「女主角」看起來比對方還要吃驚，一副像被雷劈到的畫面。

柯維安哪能不震驚。

搞半天……《霸道碟仙愛上我》的結局居然是女主角不愛男人、不愛活人，她愛的是屍體！

還是要擺上長時間的超過期屍體！

「如何？如何？是不是令人大感意外，峰迴路轉的發展？」甜甜餅也不介意柯維安的最後一句吶喊被錄進去，反正只要唸完厄夢之書上的台詞就過關。她雙手放在背後，努力想保持鎮靜的表情，但嘴角仍不受控地翹得高高的。

「與其說峰迴路轉，這根本都失速衝出軌道翻車了吧！」柯維安憋不住滿腔的吐槽之魂，「這部電影從名字到情節發展未免也太奇葩，妳沒看連小芍音都呆了，眼神都發直了嗎？」

「沒呆，只是不小心，沒反應。」符芍音連忙揉揉臉頰，重新擺出平靜的表情，「所以哥哥……女主角，喜歡殭屍？」

「對對對！」甜甜餅大力點頭，「她跟男主角青梅竹馬那麼多年，明明身邊有優質好男人，但都沒心動的最大理由就是這個！她不喜歡活的，喜歡放久一點，當然也不能腐爛的屍體，幽魂展展出的殭屍完全就是她的好球帶！」

「別說這種重口味的話題。」柯維安飛快摀上符芍音的耳朵，「小芍音不適合聽這個。」

「會很重口味嗎？又沒撒滿辣椒醬。」甜甜丸歪了歪頭，由衷地發出疑問，「用我們甜得要命星人的眼光來看，就像有人喜歡我這麼優秀美麗可愛大方又超甜的甜甜圈，也有人喜歡沒有呼吸、心跳，還長滿青黴菌的甜甜圈。」

「一般來說，會喜歡後面那個就夠重口味了……」想到甜甜圈長滿黴菌的畫面，柯維安的臉皺了起來，「別談甜甜圈了，我們這樣就能收工了吧。女主角都說出她的驚天祕密了，能馬上立刻脫離書中世界了吧。」

「咳嗯，還不行呢，還沒拍完。」雁子眼含同情，潑了柯維安一盆冷水，「維安，你等等得要犧牲點了。」

「犧牲？犧牲什麼？」柯維安有種不妙的預感。

「由於男主角太愛女主角了，在得知她喜歡的是殭屍那具肉體、身體……唔，屍體之後，他從男主角體內脫離。這裡芍音只要躺下來不動就好，再把男主角的牌子放到殭屍身上。」雁子仔細地爲飾演主角的兩人說明劇情，「代表男主角附身到殭屍體內，然後女主被他感動，獻上親吻，嘴對嘴的那種，到這個步驟完成才是眞正的ending。」

柯維安呆愣好一會，接著爆發出石破天驚的大叫，「……啊!?」

「愛情片就是要用親吻來收尾嘛。」甜甜餅捧著臉頰，憧憬地說，「附身到殭屍的過程我有附註是用後製，所以這裡不用拍沒關係。但代表he的親吻是一定要演出來的。我是信奉he的主義者，雖然女主的小夥伴都死了，但她收獲了一份眞摯的愛情呀。」

「妳那叫he嗎？妳對he的定義分明有毒！」柯維安痛心疾首地指責，「女主的小夥伴都要哭了，我之前演的配角也要哭了！」

「那不重要啦，反正他們都死光了。現在就只差一個完美又甜蜜的親親，電影就能畫下句點。維安你行的，一切都靠你了。」

「不行，我不行！」柯維安就像是被踩到尾巴的貓，從原地彈跳起來，連頭髮都跟著豎起，全身上下散發著直白又強烈的抗拒。

「我們離回到原來世界就只差一個親親的距離了。」甜甜餅苦口婆心，對柯維安曉以大義。

「那是只差一個親親的距離？」柯維安指著那個有一般人三倍大的恐怖殭屍，聲嘶力竭地喊，「要我親它，我寧願選擇……」

「我……」黑令驀地出聲。

「你惦惦！」柯維安扭頭指著黑令的鼻子警告。

「我不行。」符芍音迅速地雙手交叉在胸前。

「小芍音，我是那麼禽獸的人嗎？」柯維安大受打擊，一顆心像是要碎掉，「我明明是個正直的紳士！」

「我好……」黑令鍥而不捨地彰顯存在感。

「你好我不好！」柯維安要被黑令氣死了，這豬頭一定要挑這時候來亂嗎？「除非那殭屍動了，不然你別開口別呼吸！不不不，還是呼吸吧，拜託你呼吸了！」

柯維安實在很怕黑令照自己說的去做，這人的思考方式絕不能用常理判斷。

既然柯維安這麼要求了，黑令決定從善如流地把話說完。

「嗯，我好像看到它動了。」

然後，迎來滿室死寂。

「什……什麼？」柯維安乾巴巴地擠出聲音，「你再說一次。」

「它動了。」黑令這次給出更簡潔的三個字。

縱使黑令只用了「它」這個代稱，但所有人都不約而同地抬頭看向同一個方向——

那具被吊在半空中的巨大殭屍。

原本應該直視前方的殭屍，不知何時已經低下頭，眼眨也不眨地與眾人對視。

第九章

針落可聞的死寂瀰漫在展覽室內。

柯維安幾人像是被掐住脖子般，丁點聲音也發不出來，只能維持脖子抬高的姿勢，與上方的殭屍大眼瞪小眼。

他們小眼，殭屍是大眼，那眼睛都有盤子那麼大了。

黑令在心中默數了幾秒，接著主動摀住符芍音的耳朵，免得這個小矮子受到過大的音波衝擊，以後永遠長不高了。

果然就在下一剎那，哽在柯維安他們嗓子眼的聲音終於突破禁錮，從大張的嘴巴裡湧洩出來。

「啊啊啊啊啊啊啊啊啊啊！」

「出現了！會動的殭屍！」

尖叫聲中，殭屍輕易扯斷了將它固定在空中的鋼絲，從高處重重落地，地面被震得產生一瞬晃動。

同時展間的兩扇大門像被狂風吹動，貼靠在牆邊的門板「磅」地關起，堵住了眾人逃竄的去路。

殭屍一踩上地立刻躍起，在慌亂中直鎖定一個方向而去。

「喔不不不不……幹喔！爲什麼是我！」面對著伸直雙臂、迅速跳往自己的大型殭屍，柯維安頭皮幾乎快要炸開。他靈敏閃躲揮來的手臂，朝與符芍音幾人相反的方向跑去，盡量將殭屍引離其他人。

「黑令，抓緊時間，快替小芍音拍躺下那幕，拍完馬上把名牌往殭屍身上戳！雁子姊，妳們快想辦法逃出去！」柯維安奔逃中不忘交代眾人。

雁子不假思索就往關起的大門跑。她只是個平凡的小說家，硬留著不走，不是扯人家後腿嗎？

先確保自己和手上這本書的安全，就是對柯維安他們最大的幫助了。

雁子跑到門前，門板卻是文風不動，「大甜、小甜，快來幫忙，門打不開！」

甜甜丸和甜甜餅湊過去幫忙，可結合三人之力，大門說不開就是不開，簡直像被焊死了。

雁子別無他法，只能換其他出口。然而另扇門就在柯維安和殭屍附近，她們只好先躲在旁邊，伺機而動。

殭屍體型龐大，速度卻意外敏捷，絲毫不顯笨重。手上尖利的長指甲更是極度危險的凶器，凡揮劃過之處，阻擋在前方的物體都被一分爲二。

物品砸地碎裂的聲響此起彼落，形成刺耳的背景音樂，更增添追逐戰的壓迫感。

柯維安回頭察看情況，卻見殭屍的指甲冷不防脫離指尖，像十枚淬上毒液的飛鏢破空飛來。

他彈了下舌，伸指往手腕一抹，貼在皮膚上的光紋飛起，瞬間恢復成毛筆型態。

毛筆在柯維安的操控下靈活旋轉，多道金痕迅速在空中交錯。

隨著最後一筆落下，一張金亮盾牌浮立空中，將襲來的青紫色指甲全數攔截。

柯維安正想誇自己幹得好，陡然間有大片陰影從頭頂罩下。

殭屍竟是抓準柯維安視線被干擾的空隙，幾個踏步凌空躍起，金盾更被它當成踏板，一晃眼已出現在柯維安正上方。

說時遲、那時快，一道白光電閃雷鳴到來。

「保護，女主角。」符芍音及時滑壘欺近，斬馬刀橫劃過殭屍雙腳，斬出平滑漂亮的切面。

殭屍小腿「啪」地砸墜地面的同時，符芍音俐落地將寫著「男主角」的金屬名牌用力一拍，別針深深扎進殭屍身上。

但就算失去小腿，殭屍還是依著慣性力繼續朝柯維安撲去，雙手抵上了他的肩膀。眼看那張大嘴即將咬住柯維安的腦袋、要囫圇一口吞下，絢爛的銀紫光芒悍然映入柯維安大睜的眸底。

前來救援女主角的不僅有符芍音，還有黑令。

由無數光點匯集的旋刃勢如破竹，立時斬去殭屍的雙臂。

繼雙腳之後，殭屍連手都失去了，一下少了四肢的它驟失重心。

還沒等它掙扎做出下一個動作，黑令揮刃再斬。

那雙淺灰眼瞳輝映著寒光，毫無波動地看著鋒銳的刀刃沒入殭屍頸子，直到那顆碩大的頭顱徹底與身體分離。

失去四肢和腦袋的軀體沉重倒落，那顆碩圓的青白色腦袋則是滾到柯維安腳邊，雙眼與他對視。

「男主角換人完成！柯維安快親，親了就能結束！」躲到甜甜丸身後的甜甜餅探頭賣力叫喊。

「頭不可斷，血不可流，親親更加不可能！」柯維安大步遠離那顆腦袋，「妳摸著妳的良心，換妳妳願意親那玩意嗎？」

甜甜餅裝作沒聽到這個質問，繼續在旁爲柯維安搖旗吶喊，「快親快親，我們全靠你了，維安，維安！你不快親它也會追著你的！男女主角最後註定會互相吸引！」

「維安，不趕快脫離這裡，就拿不回我的厄夢之書！」甜甜丸也跟著喊，「發揮你女主角的魅力，爲了可愛又甜甜的委託人，也就是我，衝上去跟殭屍來個嘴對嘴的親親吧！就當被長滿青黴菌的甜甜圈咬一口！」

就像是受到甜甜丸和甜甜餅的激勵，地上的殭屍頭顱先是發出嗬嗬聲，接著主動張大嘴巴。

甜甜餅眼睛一亮，正想催促柯維安不要錯過這個絕佳時機，就見殭屍的嘴巴繼續擴大、越來越大，嘴角兩側直裂至耳際，簡直像把下半張臉都撕裂開了。

黑紅的牙床裸露在外，先前隱藏在臉頰內側的成排尖牙一覽無遺，成爲一張貨眞價實的血盆大口。

別說是親了，那張嘴能輕易把柯維安的腦袋一口吞進去，順道咬個稀巴爛。

「這不管誰親都會出人命吧……」雁子抱著厄夢之書喃喃地說。

「那怎麼辦？不親就拍不成大結局啊！」甜甜餅急得直揪自己的頭髮，內心糾結一會，還是毅然抬頭，「維安你還是爲藝術犧牲你的親吻吧！」

「我那是犧牲親吻而已嗎？我是犧牲我的小命吧！」柯維安的頭搖得像波浪鼓一樣，說不親就是不親。

局面至此似乎僵持住了。

「換個女主角呢？」想到名牌可以拆下來，雁子靈光一閃，「把維安的女主角牌子隨便放到一個東西上，然後再把殭屍的頭強行摁上去。」

「這個好！」柯維安馬上拆下身上的女主角名牌。

反正他家小芍音都不是男主角了，他當這女主角也沒意義。

「不行，不行行行！」甜甜餅焦急阻止，「我在厄夢之書上寫的是女主獻上深情一吻。深情，所以女主角肯定是要具備感情才行，而且還要能和男主互動，總之最低要求要能動起來的！」

「動起來，像它們？」黑令問。

所有人反射性順著黑令舉起的旋刃望去，看到散落在殭屍軀幹周圍的手腳貼著地板前進，有如四隻蠕動的大蟲子。

它們的動作起初慢吞吞的，但在前進一小段距離後，就像受到強烈的吸力，一下便與身體黏合在一塊，十指還重新長出尖長的指甲。

接下來就連那顆腦袋也飛了起來，回到原來的位置。

不過一眨眼，殭屍已回復原狀，看起來毫髮無傷。

殭屍轉過身子，面向柯維安等人。

它還是那副駭人的模樣，嘴裂到耳際，像是把整張臉撕裂成兩半。兩根本就突出的犬齒瞬間暴長，嘯聲從它的喉嚨深處衝出。

殭屍雙腳一蹬，猶如漆黑的箭矢竄出，目標就是柯維安等人。

黑令最先迎上，符芍音緊跟在後。

但這一次，無論是斬馬刀或旋刃，都沒有在殭屍身上成功劈出傷口，反而像撞上了堅不可摧的硬物，回彈力道甚至震得黑令、符芍音虎口隱隱發麻。

柯維安不信邪，奮力擲出毛筆，從筆尖墜下的墨滴像在地板開出點點金花，一路蔓延向前。

毛筆如飛射的長槍來到殭屍胸口處，它的尖端碰上了那塊黑色的布料，卻沒有成功破開，反倒像撞上堅硬盾牌，得到的只有彈飛的下場。

「見鬼了……」柯維安不敢置信他們三人的攻擊都發揮不了效果。

那個殭屍拼裝完成後是順便升級了嗎？

但這升級會不會太超過了，根本是開外掛了吧！

面對彷彿刀槍不入的殭屍，柯維安等人還是選擇持續進攻，否則鋒銳的獠牙和指甲就要落到他們身上了。

「導演，快想想辦法！」柯維安大叫，「不然妳的男主角要把我們全滅了！」

「我我我……」甜甜餅無措地咬著指甲。

「妳是不是寫了什麼？」甜甜丸腦筋動得快，抓住甜甜餅一陣大力搖晃，「妳有沒有替那個殭屍加了什麼亂七八糟的設定？」

「沒有，我沒有！」甜甜餅拚命搖頭，「我只是照搬幽魂展殭屍的介紹，對方怎麼寫，我就照樣寫上去！」

「所以是什麼設定？」甜甜丸揪緊甜甜餅的領子，再次把她舉離地面，「快說，妳這個蠢蛋甜甜圈！」

「偶不……記得……」甜甜餅被勒得連音都發不準了。

「我看看……殭屍、殭屍……」雁子急急翻著厄夢之書，試圖找出人物設定頁面，「我找到了，上面是寫碟仙附身的殭屍不是普通殭屍，它被稱爲不滅屍王！」

「什麼東西不滅？」柯維安再次提起毛筆，與黑令一起擋下殭屍的進逼。

雁子看著書上那幾字，幾乎絕望地喊，「它永遠不滅！」

我操，不是吧！柯維安瞳孔凝縮，髒話還來不及衝出嘴邊，被他們架住的殭屍驟然大力蹬地，一股強勁力道霎時從它腳下爆發，不留情地震開圍堵它的三人。

假如柯維安他們只是普通人，只怕現在早被掀倒在地，遲遲無法爬起。

柯維安剛站穩身子，當機立斷地先往地面橫掃一筆，豪邁的金色即刻拔升起光芒，成爲一堵暫時提供防護的城牆。

「永遠不滅是什麼鬼？那不就怎麼打也打不死？」替己方爭取到短短喘息時間，柯維安喘著氣，換他想抓甜甜餅猛搖了，「妳那什麼鬼設定啊！」

「我只是照著幽魂展的介紹……」甜甜餅淚汪汪地說，「現在怎麼辦？沒人去親，我的電影豈不是永遠也完成不了？」

過大的打擊讓甜甜餅維持不住人形，雙腿一軟，變成一個足球大的米色甜甜圈——長著腿，上面還別著導演名牌。

柯維安捏著女主角的名牌，感覺這小東西如今燙手無比，丟不得，但也沒辦法塞給在場其餘人。

「女主角必須要會動的、會動的……」柯維安焦慮地撓著頭髮，一頭鬈髮亂得更像鳥巢了，「現在除了我們幾個跟那殭屍，去哪變出一個會動的？」

柯維安聲音霍地轉小，一雙眼卻越睜越大，乍現的念頭像是落雷劈進腦海。

等等，他們的確變不出一個會動的。

但可以變出很多個啊！

「那群觸手大軍！」柯維安用力拍上額頭，只恨自己沒有早點想到這個絕妙的主意，「只要把女主角的牌子隨便戳到一隻身上……」

「我們就有活的、會動的，可以跟男主角深情一吻的女主角了！」甜甜餅激動地變回人形，抓著柯維安的手興奮搖晃，「我也不用怕甜甜丸把我塞進殭屍嘴裡了！」

「哎，被妳猜到了呀？算是稍微有那麼一點聰明了。」甜甜丸的拇指和食指捏出極小距離。

「噫！我就知道，妳果然打著這個主意！」甜甜餅抱緊自己，驚懼地發出悲鳴。

「那，觸手在哪？」符芍音鎮靜地舉手發問。

幾人對望一眼，答案即刻浮現眼前。

觸手就在——隔壁的觸手展！

觸手展間就在幽魂展的隔壁。

雖說是隔壁，但中間仍隔著一條走道。

柯維安對此大感遺憾，既然青蘿市對應著繁星市的位置，青蘿第二美術館幹嘛不完全照搬繁星美術館的格局呢？

好歹讓這兩個展緊緊相依，只有一門之隔吧。

可惜無論柯維安再怎麼腹誹，兩間展室的距離也不可能因此縮短。

他們必須趕緊離開此處把殭屍引到觸手展那，將女主角牌子弄到隨便一根觸手上。

最後再強行按頭……總之就是強行讓觸手和殭屍來個嘴對嘴，他們就能離開厄夢之書、回到原來的世界。

計畫不算太難，但得確保每個步驟成功實行。

殭屍撞擊金色光壁的動靜越來越響，每一下都讓金壁迸開細紋。裂紋持續往四周擴展，很快就像一張蛛網。

柯維安只消一眼就知道，他的防護撐不了多久了。

好在他們也沒要繼續留在這裡死撐。

「我們先想辦法從這出去。」柯維安提出首要之務。

他話聲才剛落下，數道銀紫光痕旋即在門板上縱橫交錯。

黑令再抬腳踹倒門板，爲他們開出了一個洞口，「可以出去了。」

「哇喔！」即使一整晚已見識太多不可思議的事物，雁子還是忍不住驚歎出聲。

「動作快，往右邊！」柯維安讓符芍音領頭帶著雁子她們往前跑，自己和黑令負責殿後。

當他們全體跑出幽魂展間，柯維安留下的那道金色壁壘也不堪負荷，「啪嚓」幾聲，就像脆弱的玻璃碎落一地，轉眼消隱不見。

沒了防護網阻攔，殭屍疾衝而出。

繼軀體變得刀槍不入後，它的速度也升級了，比先前還快。

聽見動靜的柯維安回頭，瞧見殭屍距離他們只剩幾步之遠。

再跳個幾步，就能撲上他與黑令了。

「打又打不死，煩死人了啊啊！」黑令劈下旋刃、短暫逼退殭屍的空檔，柯維安飛速往地面畫下一串凌亂字符，「黑令閃開！」

黑令一退，柯維安登時直面殭屍。

「一筆蓮華——」柯維安落下最後一筆，金艷貫穿中間，拉出了長長的尾巴，「華光綻！」

剎那間，耀眼金光暴起，宛如無數鋒利大刀直劈向正前方的殭屍。

金光劈上殭屍的身軀，但以往對付敵人無往不利的招式，這次直接踢了鐵板。

不過柯維安本就不冀望能藉此傷害到殭屍，他只是要拖一下敵人的腳步。

金光一出，他與黑令馬上追上前方幾人，終於抵達觸手展間。

然而眾人眼前的，卻是誰也沒料想到的景象。

柯維安傻在原地。

「是空的。」符芍音低呼一聲。

「很空。」黑令說道。

展覽室裡不見任何觸手，彷彿遭人洗劫一空，裡頭空空蕩蕩，只餘展示用的支架。

「不會吧……」雁子目瞪口呆，「沒觸手？」

偌大的打擊讓甜甜餅直接跪地，全身上下的顏色跟著黯淡一層。

似乎風一吹，她整個人就會原地風化成沙。

「觸手究竟跑到哪裡去了！」柯維安簡直要崩潰了。

沒了觸手，他的女主角牌子要給誰啊！

「被嚇跑了吧。」甜甜丸用肯定語氣說。

回想不久前黑令把觸手削成將近一百片的行為，柯維安等人不禁沉默了。

換成他們是觸手，他們絕對也會跑。

但不論柯維安內心如何崩潰，都阻止不了殭屍前進的腳步。

咚、咚、咚。

每一次跳躍，不只在地面撞出震響，也像是踩在柯維安他們的心頭上。

離門最近的甜甜餅跳起來，慌張地先把門關上。

「哥哥，再砍。」符芍音握著刀柄，擺出備戰姿勢。

「再砍下去也砍不死它……也不對，它早就死了。」柯維安抹了把臉，焦慮地環視空蕩的空間，試圖找出觸手的蹤跡，「要怎麼才能讓觸手再出來？觸手展沒有一根觸手像話嗎？」

「嗯，不像話。」黑令回應。

「你還好意思說？是誰害的啦！」柯維安射出殺人眼刀，「人家只是想來聯誼，有必要砍成……對喔，它們是來聯誼的！」

柯維安醍醐灌頂，眼睛異常閃亮。

「大家聽我說！等殭屍過來，我一大叫，你們立刻跟著一起喊，喊完就躲到……」

柯維安一時無語，這裡壓根沒有藏身之處。

如此一來，又該怎麼讓殭屍忽略他們的存在？

雖然不知道柯維安打算喊什麼，但對於躲避方式，雁子想到了一個辦法。

「停止呼吸，我們可以試著停止呼吸！」留意到咚咚聲逼近門外，雁子語速飛快地說，「電影都這樣演的，而且昨晚我們聊天也有提到。這也會被書記錄進去吧？」

「對對對！」甜甜餅恍然大悟，「昨晚情緒足夠激動，我們聊天講的幻想都被吸收了，肯定沒問題的！」

最後一字方落，密闔的門板瞬間遭到來自外力的撞擊。

砰……

門板猛烈震晃。

「所有人準備！」柯維安高聲提示。

預防萬一，他還是先在眾人身前畫下防護的金線。

砰！磅！

門板再度劇烈搖晃，這一次它直接應聲破裂了。

殭屍龐大的漆黑身影出現眼前。

柯維安即刻扯著嗓子，「這裡有人想聯誼！急需徵求對象！」

甜甜餅、甜甜丸和雁子也馬上高喊，「這裡有人想聯誼！急需徵求對象！」

符芍音濃縮精華，「聯誼。」

黑令甫張口，就覺得麻煩而閉上了。

高亢的喊聲第一時間吸引了殭屍的注意力，它轉頭面向柯維安等人，雙腳跳動。

「所有人停止呼吸！」柯維安大喊。

隨著眾人一個個摀住口鼻或捏住鼻子，殭屍的動作也變得遲疑。

它慢慢轉動著頭顱，混濁的眼珠子跟著轉動，鼻翼還動了動，像在尋找突然消失在它感知中的獵物。

就在這一刻，失去展覽主體的展間驟然湧現騷動。

繽紛色彩霎時闖入眾人視野，伴隨著的還有興奮到破音的尖叫。

「聯誼！我聽到聯誼了！」

「哪裡有聯誼，哪裡就有我們！」

「有帥哥嗎？有美女嗎？有漂亮妹妹嗎？」

花枝招展的多條觸手自天花板各處竄出來。

正是柯維安他們見過的彩色觸手，甚至連變成片狀的藍色觸手都出現了。

爲了聯誼，它充分展現出何謂身殘志堅。

柯維安沒有浪費一分一秒，果斷把女主角名牌塞到黑令手上。

黑令沒有辜負柯維安的期待，對準一隻張大疑似口器部位的觸手奮力扔出。

小小的金屬名牌順利被無知覺的綠色觸手吞進去。

男女主角命中註定的吸引力立即發揮作用。

殭屍簡直就像是受到吸引的磁鐵，轉眼向綠色觸手飛撲出去。

殭屍被轉移注意力、直奔綠色觸手之際，柯維安馬上試探性地恢復正常呼吸。

發現殭屍全然沒轉過頭，他趕緊說，「可以呼吸了。」

觸手們才剛因爲瞧見縮在角落的柯維安等人而嚇得花容失色，正想慘叫撤退，卻沒想到一抹宛如巨大黑蛾的影子朝它們過來了。

「什麼？什麼？誰？」

「哇啊它好醜！好胖！」

「不要過來啊啊啊啊！」

顯然殭屍完全不符合觸手們的審美，它們用盡全身力氣發出了抗拒。

其中綠色觸手叫得最淒厲，它扭擺著身子，但怎樣也甩脫不了殭屍的靠近。

「兄弟，救我！快救我！我一點也不喜歡這型的！」綠色觸手痛苦地向同伴求救。

當初藍色觸手被削成無數片時，其他觸手都沒放棄過它，現在見綠色觸手有難，它們自然義不容辭地一擁而上。

「爲了救自己的兄弟，打倒那個醜八怪！」

「大夥衝啊！」

粗長觸手漫天揮舞，轉眼間就和殭屍纏鬥在一塊。

縱使殭屍體型龐大，但觸手仗著靈活的優勢很快分別纏上它的手腳、軀幹、脖子。

若讓柯維安用一句話來形容，眼前的畫面大概就是……

「觸手大戰殭屍.avi?」

「哥哥?」符芍音疑惑地問，不知道現在是什麼情況。

她的雙眼被柯維安緊緊摀住，先是聽見「啪啪啪」的聲音不斷，接著是「咕溜咕溜」的摩擦聲。

「噫……」雁子別過臉，畫面太「美」，她不忍直視。

「沒事、沒事，殭屍跟觸手打成一片了。」柯維安堅持不讓小孩看到面前這有礙身心發展的畫面，「接下來就想辦法讓男女主角……」

「親。」黑令雲淡風輕的一個字剛飄下，人已消失在原地。

穿著連帽外套的灰髮青年步伐詭譎，身形飄忽如鬼魅，眨眼便靠近飛舞的觸手團。

「還要記得拍啊!」柯維安急急補充。

黑令的到來讓觸手們打開了心靈陰影的開關，反射性陷入僵硬狀態。

這讓殭屍逮著反抗的機會，趁機撕扯觸手，讓它們發出「呃呃啊啊」的叫聲。

「綠色的，嘴對嘴親它。」黑令亮出旋刃，「不然就跟藍色一樣下場。」

貼在殭屍臉上的藍色片狀觸手抖個不停。

回想起藍色觸手遭遇的其他觸手也跟著抖，連帶把殭屍勒纏得更緊。

「我我我……」綠色觸手似乎被這要求嚇得褪色了，惶惶然地瞄了眼殭屍青灰的臉，痛苦地再次肯定對方眞的不符合自己的審美。

「我不……」綠色觸手抵死不從的意志在瞥見黑令舉高的旋刃後馬上瓦解，「不可能不答應你的要求！」

愛情誠高貴，生命價更高！

「頭不可斷，血不可流，親親隨便送啦！」綠色觸手嘶吼一聲，末端的口器完全張開，大力堵上殭屍的嘴。

或者說是把殭屍的下半張臉都堵住。

深情不深情，柯維安不知道，他只知道這離愛情片差了十萬八千里。

怎麼看他媽的都是恐怖片！

甜甜餅才不在意面前的畫面多麼群魔亂舞，見黑令舉著手機對準觸手和殭屍，她馬上抓準時間大聲宣布。

「卡！《霸道碟仙愛上我》殺青啦！」

剎那間，四周畫面產生扭曲，所有景物就像打翻的調色盤混成一團，糾纏不放的觸手和殭屍變得模模糊糊。

熟悉的失重感猛地襲來。

尾聲

說話聲斷斷續續地從耳畔拂過，腳步聲不時在周圍響起，線香的味道瀰漫在鼻間，讓人不由自主湧上一股安心感。

來自外界的聲音讓柯維安睜開了眼，突然映照進來的光亮讓他反射性閉了下眼。再睜開，發現他們已身處與青蘿第二美術館截然不同的地方。

外邊的陽光正盛，穿過門口、窗櫺，將附近一切映得亮晃晃的。

柯維安發現他們一群人加兩個變回原形的外星人或坐或躺在磚紅色的六角磚地板上。符芍音和黑令也張開眼睛，神情淡然，沒有因爲無預警的場地轉換而面露吃驚。

變回獵奇甜甜圈模樣的甜甜餅和甜甜丸堆疊一塊，有氣無力地發出呻吟。

雁子雙眼緊閉，明顯還沒恢復意識，手裡猶然緊抱著厄夢之書。

柯維安越看越覺得周圍景色似曾相識，就好像不久前才見過一樣。

他迷茫地眨了幾下眼，忽地靈光閃現，找到熟悉感從何而來。

這不就是織女廟嗎？

柯維安急忙扭頭望向神龕裡供奉的主神，慈眉善目的女性神像像在垂眼俯視眾生。沒有金紗覆蓋，也沒有凹下去的可怕窟窿。

不是青蘿市的織女廟，所以他們成功回來了？

柯維安剛要鬆一口氣，突然走進廟內的人影讓他繃直了身體，但前來拜拜的女孩們彷彿沒發現角落的人與非人。

她們說說笑笑地來到供桌前，放上金紙，再拿著香走向外頭的天公爐。

「不擔心。」一隻小手戳戳柯維安的手臂，待他轉過頭，符芍音指指他們身後的壁面，「有結界，看不到，聽不到。」

柯維安這時才注意那裡貼著幾張符紙，哽在喉嚨的那口氣這下終於可以放心吐出。

「好暈啊……好暈啊……」甜甜餅呻吟聲變大，「我要喘不過氣了，救命！爲什麼我要喘不過氣了？」

「因爲我壓在妳身上呀。」甜甜丸理所當然地說，而且沒有半點要從對方身上下來的意思。

直到甜甜餅快要不能呼吸了，甜甜丸才紆尊降貴地跳下。它來到雁子面前，抽走了那本活像是泡過鮮血的厄夢之書。

接著，柯維安他們就看見那個巧克力甜甜圈咧開了一張嚇人的嘴巴，裡頭是尖得像鋸齒的牙齒，密密麻麻地延伸、布滿至口腔最內側。

如果把手伸進去，大概就會像伸進果汁機一樣，當場被絞成肉泥。

甜甜丸的嘴張到極限，嗷嗚一口將厄夢之書吞了進去，還打了一個飽嗝。

將書吞進體內，甜甜丸開心地轉了個圈，「傳家寶取回確定，委託結束啦！感謝大家，謝謝維安、維安的好朋友跟妹妹，還有辛苦的雁子。嗯，除了甜甜餅之外。」

「爲什麼沒有我？」甜甜餅感覺自己被排擠了。

「妳是小偷啊，豬頭，別以爲我會忘記辣椒醬之刑。」甜甜丸哼了一聲，在雁子身前又轉了幾個圈圈，它的巧克力米發出奇異彩光。

七彩光輝如同一顆顆泡泡成形，一股腦全飄向昏迷不醒的雁子。

「這是在做什麼？」柯維安訝異地問。

「在掃描，確認雁子的筆記有沒有寫到不能對外透露的祕密，還有她的記憶被模糊到什麼程度。」甜甜丸似乎感應到什麼，露出滿意的表情，「嗯嗯嗯嗯，都沒問題啦，雁子只會像作了一場模糊的夢。不過讓她坐這也不好，幫我替她找個合適地方吧。」

柯維安果斷把任務甩給黑令，「黑令，你快去將雁子姊扶起來。」

黑令沒有回話。

「睡了。」符芍音說。

「嗯？誰睡了？這時間點……」柯維安的疑問在瞧見黑令時戛然而止。

沒人注意之際，黑令居然倚牆打起了瞌睡。

「給我醒來，醒來！」柯維安揪著黑令的衣領，「你是陷入冬眠嗎？這樣也能睡？」

「現在不是冬天。」黑令掀開一邊眼皮，淺灰色眼珠映著柯維安的身影，「你季節錯亂了？」

「錯亂的是你的睡眠時間啦！」柯維安奮力使勁，但還是拉不起對方。

還是黑令撥開柯維安的手，自己站了起來。

待來拜拜的女孩們離去，廟中再無其他人，黑令輕鬆扛起雁子，照柯維安的交代將人送到廟外的長椅上。

「呼，這樣就沒問題了吧……雁子姊很快會醒來嗎？」柯維安向甜甜丸確認。

「十分鐘後就會醒來啦。」甜甜丸很肯定地說，一腳還踩著想趁機逃跑的甜甜餅，「真的很謝謝你們的幫忙，我們要回甜得要命星球了，再幫我跟其他人說一聲喔。」

「妳們要走了？怎麼走？」柯維安好奇地左右張望，沒發現疑似交通工具的東西。

「外星人當然是要坐飛碟走呀——」甜甜丸拉長軟軟的聲音，尾音還沒結束，天色驟然從明亮變成陰暗，猶如烏雲蔽日，又彷彿夜色提早降臨。

柯維安等人反射性抬頭，只見原本晴空萬里的天空瞬間被黑影籠罩。

一座巨型飛碟停在高空之上，投下的陰影將織女廟與周遭完全覆蓋。

「哇塞……」柯維安嘴巴開開，這還是他人生頭一次看見貨真價實的飛碟。

接著他見到飛碟底部開出個缺口，一道粉紅色光束將甜甜丸和甜甜餅包圍住。

兩名外星人頓時像受到無形吸力的拉扯，開始往上飛起，與柯維安他們越來越遠。

「掰掰啦！謝謝你們的幫忙！」甜甜丸在空中大聲喊，「這是感謝小禮物，要好好照顧它喔！」

柯維安大睜的眼瞳裡下一瞬倒映出一個黑點。

黑點筆直自高中墜落，落進柯維安張開的掌心之前，先被個子高出一大截的黑令從中攔截。

「你太矮，幫你拿。」黑令不費吹灰之力地把禮物握在手裡。

「我謝謝你喔。」看著遞至眼前的巴掌大盒子，柯維安沒有絲毫感動，只覺得很想打黑令一頓。

不過礙於武力值實在拚不過，他只好板著臉，瞪了黑令一眼，仔細確認甜甜丸贈送的禮物。

從外觀來看，是個普通的小紙盒。綁著緞帶蝴蝶結，還貼著一張小紙條，寫著這是特地送給柯維安的，請務必好好留在身邊。

「什麼東西？神神祕祕的……」柯維安想再問甜甜丸它們，但外星人們已經被吸入飛碟，再也看不見蹤影。

飛碟的出入口一關上，就從原處消失，彷彿一開始不曾存在。

織女廟周遭重新恢復光明，陽光灑落各處。

「真的……結束了啊。」柯維安抬手遮著眼，遙望藍天，還有一絲不真實感。

誰能想到他們不久前還在書中世界拍電影，看觸手大戰殭屍呢？

「不曉得甜甜丸送的是什麼？」柯維安收回遠眺的目光，將注意力轉移至黑色禮物盒上，他拆開緞帶，打開盒子，「咦？」

「章魚？」符芍音疑惑地說。

「章魚。」黑令則是語氣肯定。

「不不不，誰家章魚種在花盆裡。」柯維安拿出甜甜丸送的禮物，百思不解地看著這個奇異的小盆栽。

黑令和符芍音說的沒錯，種在花盆裡的東西乍看下就像個顏色粉嫩的章魚寶寶，有著圓圓的頭顱和Q短的六隻腳，給人萌萌的感覺。

柯維安試著將章魚寶寶稍微拔起來一點，發現它還有兩隻腳埋在土裡，可能是充當根莖了。

「應該……不是活的吧。」柯維安戳戳小章魚，發現它全無反應後鬆了口氣，「小芍音，妳喜歡這個嗎？」

柯維安對可愛的盆栽沒多大興趣，但粉色系的章魚寶寶應該很適合符芍音這年紀的小女生。

符芍音搖搖頭，「是送哥哥的。」

「哥哥可以再送給妳呀。」

符芍音還是搖頭。

「可以送我。」黑令冷不防插嘴。

「沒輪到你啦。」柯維安立刻扔了一枚大白眼過去，「送你我還不如留……不，說實話我也沒啥興趣。但這又挺可愛的，感覺送人更……啊，小白！送我家親親小白！」

柯維安喜孜孜地笑，他怎麼忘了身邊就有一個人特別喜歡這些可愛的小東西。

粉色的章魚寶寶送給一刻，太配了！

這邊柯維安剛決定好禮物的去向，另一邊坐在長椅上的雁子也悠悠轉醒。

「咦？欸？」雁子揉按著後頸，看清周邊景象時大吃一驚。她驚訝地站起身子，東張西望，看到不遠處的柯維安等人。

雙方視線一對上，雁子下意識地露出微笑，旋即又陷入無盡的困惑。

「我是怎麼跑來這的？我不是在美術館裡嗎？是說這裡到底是……」雁子撓著頭

髮，還是想不起來中間發生了什麼事。

雁子拿出手機，打開地圖查看定位，發現自己居然是在離美術館不遠的織女廟。

「我跑來這拜拜嗎？爲啥我沒記憶……算了算了。」雁子低頭檢查包包，重要物品都還在，於是她很乾脆地放棄追究了。

正巧此時她手機鈴聲大作，她連忙接起電話，邊回應邊往巷外走去，經過柯維安三人時還點了下頭。

「春秋啊，小姑姑今天會晚點回去……你們記得先吃晚餐，我會給你們帶很多土產的。嗯嗯，你說我的編輯打電話過來？你有說我去哪了嗎？沒有？啊啊太好了，小姑姑愛你！要是她再打電話過來，一定要再騙她說我正關在房間裡專心趕稿，不讓任何人打擾的！」

雁子的話聲越飄越遠，背影也漸漸消失在柯維安他們的視野中。

確定對方沒有任何大礙，對書中世界的經歷也沒有記憶，柯維安徹底放心了。

「好啦，我們也走吧。」柯維安將甜甜丸給的禮物往包內一塞，「小芍音晚點還有事要做嗎？」

「沒，陪哥哥。」符芍音認眞地說。

「我也沒有。」黑令說。

「是是是，謝謝你跟我說喔。」柯維安才不在意黑令忙不忙，不過既然兩位同伴接下來都沒事，那就順道一起行動了，「擇日不如撞日，我們出發去潭雅市玩吧！」

日光照耀下，柯維安的笑臉無比燦爛。

「爲小白送上驚喜！」

與此同時，身在潭雅市家中的一刻打了一個大大的噴嚏，一股無來由的寒意爬上他的後頸，令他打了個寒顫。

但天氣明明很好，家裡的溫度也相當適宜。

一刻摸不著頭緒，只能當作是自己想太多。他不知道再過幾個小時，他就要接收到一份驚嚇大禮包……

《星的許願書》完

番外◆一刻的大禮包！

放假要幹嘛？

對一刻來說，就是悠閒地待在家裡，打掃家中環境，再看動物頻道介紹毛茸茸可愛動物的節目。

下午三點多前，他都是照著計畫這麼度過，享受著前所未有的放鬆。

畢竟這裡沒有嘴毒氣人的室友一號，也沒一天到晚對著小朋友發花痴、纏人得很的室友二號，一刻的理智線不用時時處於斷裂邊緣，心情自然平順許多。

將客廳地板拖了一遍，一刻看著乾淨明亮的地面，格外有成就感。放好擰乾水的拖把，他從冰箱拿出一瓶蜂蜜栗子牛奶，打算休息一下，晚點再整理二樓。

噢，除了宮莉奈的房間。

沒有必要，一刻是絕對不想踏入那個混亂之所的。他怕自己又忍不住變身成噴火龍，對著整理能力零的堂姊憤怒咆哮。

宮莉奈的房間，就交給她那位未婚夫負責吧。

一刻剛坐上沙發、正要打開電視，門鈴聲突然響起，像是鳥鳴的啾啾聲迴盪在走廊及客廳。

一刻愣了愣，想不出這時間點誰會上門。

最常來訪的蘇家姊弟跟家人出國了，而且若是他們，幾乎很少用正常方式拜訪——明明有門不走，偏偏愛爬窗，還專爬他房間的窗。

「誰啊？」一刻擱下飲料，就算知道門外人可能聽不見，還是下意識喊了一聲。

他趿著貓咪拖鞋走到玄關，沒想太多地打開門。

午後陽光正盛，門口處有道人影背光而立。他個子矮小，露出的燦爛笑臉絲毫不比日光遜色。

「哈囉，小白！驚不驚喜？開不開心？」柯維安笑嘻嘻地揮著手，「你的心之友來找你啦！」

一刻一手還握在門把上，他面無表情地與那張娃娃臉對視數秒。

「幹。」

然後「砰」的一聲將門無情關上。

一刻覺得鐵定是外面陽光太大，讓他一時眼花，才會瞧見他那個煩死人的室友二號出現在他家門外。

沒錯，是錯覺，一定是錯覺。

一刻幾乎要說服自己了，可門鈴聲再次響起，逼得他只好再開門。

一刻深吸一口氣，做足了心理準備，毅然將門拉開。

娃娃臉男孩消失了。

這證明方才果然是幻覺一場。

可下一秒，一刻更驚悚地發現到，取代娃娃臉男孩站在門外的，是一名白髮紅眼的小女孩。

由於她個子嬌小，第一時間沒進入一刻的視線範圍，才讓他沒察覺到對方的存在。

「妳……符芍音？」一刻好半晌才找回自己的聲音，「妳怎麼會在這裡？妳一個人嗎？」

「沒有一個人。」符芍音舉起三根手指頭，「三個人。」

「三……」一刻啞然，心中剛浮現不妙的預感，接著預感成眞了。

「Surprise！甜心！」以爲只是幻覺的柯維安從遮蔽物後跳了出來，身後還跟著一道安靜又溫吞的人影。

一刻的表情都要裂開了，「柯維安，你爲什麼連你養的那隻都要帶來！」

「什麼我養的那隻？我才沒養東西，小白你不要誣賴我！」柯維安大驚失色，趕忙與身後的黑令劃清界線。

就像與他唱反調，黑令冒出一聲，「吱。」

「你就算吱我也不會養你的。」柯維安嚴正警告。

「你好，打擾了。」符芍音無疑是當中最有禮貌的，她一絲不苟地向一刻打招呼，嚴肅的模樣像個小大人，「伴手禮。」

「啊？喔喔，謝謝。」一刻反射性接過符芍音遞來的紙袋，望著另外兩個大人，他抹把臉，抱著一絲微弱希望地問，「你們只是順路，等等就要去別的地方吧？」

「當然不是順路，我們可是特地過來找你玩的唷。」柯維安給了一刻一記飛吻，無情地澆熄對方的希望。

面對不請自來的三位客人，一刻只想仰天長嘯。

把他清靜的假期還來啊，混蛋！

基本上只要看到柯維安，一刻就知道「清靜悠閒」這幾個字，將會離他很遠很遠。根本是遠到天邊去了。

一刻頭痛得要命，怎樣也沒料到應該待在繁星市的柯維安會無預警跑來他家，還帶了兩條小尾巴。

不對，一條根本是超出規格的巨型尾巴了。

無論心中存有多大疑惑，又是多麼想把柯維安一腳踹回繁星市，一刻還是盡了地主之誼，把人帶進屋裡，招待他們一人一瓶蜂蜜栗子牛奶。

「所以……」一刻重重落坐在沙發上，銳利的目光刺向柯維安，「你們怎麼會跑來這？你們不是在做任務？」

「當然是因爲想你啊，小白。」柯維安用雙手比了個心，然後遭到一刻不客氣的抱枕攻擊。

一刻冷酷地看著扔出去的枕頭砸上柯維安的臉，「再給你一次機會。」

「嗚嗚嗚，甜心你怎能如此無情無義？」柯維安摀著微微發紅的鼻尖，作勢假哭，「你難道忘了……」

「忘了什麼？說給老子聽聽。」一刻皮笑肉不笑地將十指折得卡卡作響。

「喔，什麼也沒有。」柯維安見好就收，免得離開潭雅市時還得帶著兩枚黑眼圈，「就是剛好跟小芍音，還有那個附帶的，做完任務了，然後就想說帶著紀念品來找小白你啦。對了、對了，紀念品在這。」

柯維安從包裡摸出一個巴掌大的黑色禮物盒，上頭還綁著蝴蝶結緞帶。

「什麼東西？」一刻才不想貿然接過，柯維安口中說的紀念品實在太可疑了。

一刻可沒忘記，早上他還接到柯維安的抱怨電話，哀號著黑令居然是這次任務的搭檔，結果下午這三人就殺過來了。

任務也太快完成了吧！

一刻毫不掩飾自己的狐疑，讓柯維安不禁捂著胸口，傷心地說，「小白，在你心裡，我難道就這麼不值得信任嗎？」

「是。」一刻連思考都沒有，果決地說。

柯維安頓覺自己心口被插了好幾支箭，身子一歪，想要跟旁邊的符芍音尋求安慰的抱抱。

「哥哥，要坐好。」符芍音不知道何時變出了斬馬刀，刀柄撐住柯維安倒下的身體，將他推了回去。

尋求不到溫暖的柯維安只好摸摸鼻子，重新端正坐姿，主動打開禮物盒，「小白，這是甜得要命星人送的小盆栽，很可愛的。你看，你一定會喜歡。」

正如柯維安所說，那是一個很可愛的小盆栽。

雖然一刻難以理解爲什麼花盆裡種的是一個像是Q版章魚寶寶的……植物，但他更震驚的是柯維安說的前半句。

「甜……什麼？」一刻甚至懷疑自己聽錯了。

「甜得要命星人，我們這次任務的委託人。」柯維安字正腔圓地重複，隨後又笑咪咪地說，「小白你沒聽錯，這是外星人的禮物唷，我專程帶來給你的。」

「外星人？」一刻還是覺得不是自己聽錯，就是柯維安說錯了。

這世界上有妖怪跟神明就算了，現在居然冒出外星人，還找柯維安他們幫忙……神使公會的業務是拓展多大了？

「禮物你就收下吧，不接受退回的。整件事說來話長，我們慢慢聊吧。但我們需要一些……」柯維安一拍手掌，「可樂，鹹酥雞或雞排，這些可是聊天之友呢，小白！」

「聽你放屁。」一刻白了一眼，但也沒拒絕柯維安的提議，誰對外星人不好奇呢？「可樂冰箱裡面有，鹹酥雞跟雞排……你以爲現在幾點，哪家會那麼早開？等等，好像還眞的有……」

一刻想起來了，宮莉奈喜歡的幾家雞排店中，有一間就是從中午開始營業。

「太好啦！」柯維安歡呼一聲，馬上自告奮勇地攬下外出購物的工作，「我和黑令負責去買吧，小白你跟小芎音待家裡等我們就好，地址你直接傳我手機。黑令走了，你別想趁機賴在這睡覺。」

意圖被看穿的黑令咂下舌，慢吞吞地起身跟在柯維安後面。

「騎我的車吧，車箱裡還有一頂安全帽。」一刻把機車鑰匙和大門鑰匙拋給柯維安，這樣他們回來時就能直接進屋。

將雞排店的地址發給柯維安，一刻看著客廳裡端正坐著、宛如雪娃娃一般的小女孩，一時還眞不曉得要怎麼跟人相處。

一刻不擅長應付小孩，而面前的符芍音也跟普通孩子不一樣。他耙耙頭髮，最後決定將她當成大人看待。

「電視妳自己隨便看吧，我把東西拿到樓上，等等就下來。如果要喝水，廚房裡自己倒就可以，杯子都能隨便用。」

「別在意，慢慢來。」符芍音看起來比一刻還要沉穩。

一刻撈起桌上的章魚小盆栽，先不管它是外星人送的奇妙禮物，但可愛Q萌的外貌的確很合他的喜好。

要是把這小盆栽放到客廳，恐怕會不知不覺淹沒在宮莉奈製造的髒亂中。

爲了避免發生這種事，一刻抱著小盆栽回到自己房間，把它放到照得到陽光的窗邊位置。

日光下的章魚寶寶看起來更剔透可愛了。

一刻情不自禁地用指尖戳戳章魚寶寶的腦袋，傳來的觸感就像果凍一樣充滿彈性。

「該不該澆個水……」一刻不曉得外星盆栽該怎麼照顧，不過既然都說是盆栽了，那就是某種植物吧。

一刻猶豫一會，視線掃到自己放在桌面的杯子上。杯裡還有沒喝完的水，一刻倒了一點在盆栽裡。

他看不見自己的指尖隨著澆水的動作，滲溢出了一縷粉紅色的氣體，像煙霧般拂過章魚寶寶的腦袋，轉眼被吸收殆盡。

「應該沒問題吧。」一刻不敢澆太多，他打量盆栽一會，沒看出什麼異狀，打算晚點等柯維安回來再問詳細點。

他可不想把這麼可愛的小東西養死了。

一刻沒忘記樓下還有個小客人，他把杯子放回原位，離開房間。

他不知道自己走出房間沒多久，靜置在桌上的小盆栽忽地出現奇異變化，章魚寶寶粉紅色的身子發出微光。

在那陣同樣是粉色的光輝中，種植在盆栽裡的章魚寶寶如同碰上高溫的奶油，逐漸地癱軟化成一灘液狀物。

粉紅色朝四面八方流動，安安靜靜地覆蓋過桌面、牆壁、窗戶……

雞排店的位置和一刻家有一小段距離，騎車大概需要十五至二十分鐘。

柯維安拿著手機，看著地圖上的路線指引，不時對負責騎車的黑令下達指令。

「下個紅綠燈、西川街那邊右轉……看到桃川街路牌後再右……你能不能再快點？」

不是柯維安故意找碴，但黑令的車速只有二十，和其他呼嘯而過的車輛相比，簡直老牛拖車一樣。

柯維安都看到有腳踏車騎得比他們這台機車還快了。

任憑柯維安的質問左耳進、右耳出，黑令還是自顧自地維持著二十的時速。

「你這速度，我用跑的都能追過你了。」柯維安沒好氣地說。

然後黑令忽然停在路邊。

「幹嘛？」柯維安納悶地問。

「跑嗎？」黑令言簡意賅地反問。

柯維安愣了幾秒，才反應過來這人還真的把他的抱怨當真，居然要他下車用跑的。

「你才跑，你自己跑啦！」柯維安惱怒地大力拍打黑令的背，「你是眞的要我半路斷氣喔！」

「別擔心，會替你……」

「住口，不管是埋還是收都不想聽到！」柯維安搶先一步喊停，免得被黑令自認爲是友情表現的說法氣死。

「那，替你挖。」黑令提了第三個方式。

「我看你是想立刻氣死我，好繼承我的小天使周邊！」柯維安還是被氣得咬牙切齒。

「周邊，沒興趣。」黑令如實地說。

「夠了，接下來你不准說話，給我乖乖騎車。」柯維安開始後悔拉黑令出來了，他自己一個人起碼不用被氣到一口血哽住。

似乎也察覺到自己再多說一句，身後的人可能就會失去理智把他推下車，黑令從善如流地不再說話。

柯維安捏捏鼻子，發誓接下來到回一刻家之前，他都不要再和黑令有任何交流了。

只是才剛發下的誓，下一刻就被自己打破。

放在口袋的手機無預警傳來震動，用來當作鈴聲的動畫主題曲也歡快響起，無一不是在催促柯維安快點接起電話。

「先別騎，我接個電話。」柯維安不太喜歡戴著安全帽講電話，感覺聽不清楚。

手機螢幕上顯示的是未知號碼，柯維安一邊猜打來的人是誰，一邊按下了通話鍵。

「喂喂？」

「維安、維安。」手機裡傳來的是一道軟綿綿的嗓音，「是我、是我啦。」

「甜……甜甜丸！」柯維安還不至於失智到忘記幾小時前才道別的甜甜圈外星人，但接到這通電話確實始料未及，「妳們不是已經回去了嗎？拜託妳們一定要回去啊！」

「有回去呀，已經脫離你們地球的大氣層了。」

「等等，這通電話是怎麼打的？」

「問就是我們甜得要命星球的高科技嘛。哎唷，重點不是這個，我是忽然想起來有事情忘記跟你說了。」

「什麼事？」柯維安無端一陣頭皮發麻，這通常是他覺得大事不妙前的徵兆。

「那個寶寶盆栽，就是我送你的禮物，記得不要隨便轉送給別人。最好是放你身邊就好，畢竟你沒有少女心嘛。」

「少女心？什麼意思？」柯維安一頭霧水，「妳說清楚一點。」

「就是啊……」甜甜丸還是甜甜軟軟的語氣，但說出來的內容卻讓柯維安頭皮要炸了，「寶寶盆栽如果放在擁有少女心的人身邊，那個人的少女心會轉換成一種人類看不見的能量被它吸收。然後它就會『砰』地長大，強迫主人穿上小裙子，不穿就用物理方式壓制。不過只要把花盆倒扣三十秒，它就會恢復原狀。」

「長大？還強迫人穿上小裙子？」柯維安連連發出抽氣聲，「妳居然送這種東西給我當禮物？妳還是人嗎？」

「我本來就不是人嘛。而且維安你又沒少女心，我和你待一起時完全沒偵測到，所以肯定沒問題的。」甜甜丸不以爲意地說，「就算你以後眞的長出少女心，大不了就把寶寶盆栽拿去烤吧，它吃起來味道不錯的。」

「誰會想吃那種……」柯維安拔高聲音，又驀地將埋怨全吞回去，現在根本不是和甜甜丸爭論的時候。他火速掛掉電話，改瘋狂向一刻傳送警告訊息。

發了長長一串說明還不夠，柯維安馬上再打電話過去，卻遲遲無人接聽，最後轉入了語音信箱。

發現訊息是未讀狀態，柯維安以最快速度戴上安全帽，猛拍黑令的肩，「回去、回去，現在馬上立刻回小白家！」

這下是真的大事不妙啦！

說到少女心，他家甜心滿滿都是這玩意啊！

「哈啾！」

與符芍音一起看可愛動物頻道的一刻冷不防打了個噴嚏，他摸摸後頸，一瞬間似乎竄過了寒意。

先前他也有類似經歷，當時沒放在心上，結果就迎來了柯維安幾人。

一刻倏地挺直背，心裡浮上警戒：該不會待會又要發生什麼不妙的事吧？

「感冒？」符芍音幫忙抽了張衛生紙給一刻。

「不是。」一刻沒有拒絕，他擤擤鼻子，把衛生紙揉成一團扔進垃圾桶，「大概是柯維安晚點又要搞什麼事了吧。」

一刻只能往這方向猜想，誰教柯維安某種程度也屬於自帶麻煩體質。有那小子在的地方，莫名其妙的麻煩就會跟著出現。

這念頭才剛從一刻腦中閃過，二樓忽地傳出了重物落地的聲響，清晰地傳進他與符芍音耳中。

沙發上的一大一小反射性往樓梯口看。

「砰咚」、「喀咚」的聲音再次響起。

「樓上有人？」符芍音疑惑地問，「織女大人？」

「不知道，我去看看，妳在這邊等著。」一刻沉下臉起身，抽起客廳裡擺來保安用的球棒，將自己的腳步聲壓至最低，一步步往樓上走。

一刻可不認爲是織女突然回來了，那個小鬼回來時基本上都是聲勢浩大，而且向來走正門；至於習慣爬窗的蘇染、蘇冉……

不，他們出國去了。一刻不久前才在手機上收到他們傳來的國外照片，再怎樣也不可能瞬間移動回潭雅市。

剔除掉可能人選，剩下的答案只有一個——

小偷。

還是大白天，竟然有小偷敢闖進來……一刻眼裡泛起戾氣，已經為那個不長眼的小偷定好下場了。

先痛打一頓，再報警處理。

一刻踩著悄無聲息的步子來到二樓。一踏上二樓走廊，映入眼中的滿室陰暗讓他心裡咯噔一下，眉頭也緊緊擰起。

太暗了。

就算二樓沒開燈，但有對外窗，不該如此陰暗，現在情況彷彿窗外已夜幕低垂。

可外頭明明陽光正燦爛，一樓客廳被照得無比明亮。

一刻緊繃著身體，豎起的寒毛告訴他二樓有問題，還不是普通的問題。

媽的，就知道柯維安一來，莫名其妙的麻煩也跟著來。

一刻彈了下舌頭，將球棒輕輕放至地板上，左手無名指橘光一閃，一圈橘紋頓如戒指纏繞在手指上。

下一秒，一刻伸手往虛空一抓，一根如劍般修長的白針平空出現在他掌中。

一刻先謹慎地往窗邊靠去，往外觀望。窗戶就像被貼了一層暗色隔熱紙，外邊景象看起來也是暗暗一層。

一刻將窗戶打開一些，髒話瞬間飆出來，「幹恁娘啊！」

不是窗戶被貼上隔熱紙，而是有一層暗色的膜直接覆蓋在屋子外，徹底將室內室外隔絕成兩個世界。

在沒弄清這到底是什麼玩意之前，一刻沒有貿然破壞窗外的暗膜。他拿出手機，準備質問柯維安一頓，卻先看到一串訊息通知和未接來電顯示。

全來自柯維安。

就算還沒點開訊息，一刻也有種直覺，那些怪東西他媽的肯定跟柯維安有關！

事實證明一刻的直覺沒錯。

當他看完柯維安傳來的成串訊息，他深吸一口氣，用力戳著手機，用一個字加一串驚嘆號直截了當地表達他此刻的想法。

幹！！！！！

而柯維安顯然一直蹲守在線上，一刻「已讀」訊息後，下一瞬電話緊跟著響起。

「小白白白白白！你那邊現在狀況如何了？」柯維安的追問連珠炮冒出，「寶寶盆栽出問題了嗎？我們現在正趕回去，你趕緊先把它的花盆倒扣過來！」

「寶你老木啊！」一刻壓低聲音，氣急敗壞地送給柯維安這五個字，「你送禮物前是不會先講清楚嗎？」

「冤枉啊！是甜甜丸……就是那個外星人沒講清楚，我也是剛接到電話才知道。」柯維安忙不迭爲自己辯駁，就怕趕回一刻家後迎來的是對方的鐵拳攻擊，「小白，所以現在情況怎樣了？小芍音沒事吧？」

「她沒事。我現在在二樓……我操！」一刻忽地罵了聲，立即引起柯維安的焦慮。

「怎麼了？小白、小白！」

「閉嘴，別白了，晚點說。」一刻強勢結束通話，他將白針握得更緊，臉色鐵青地看著從自己房間緩緩探出的長條影子。

一條、兩條、三條……伴隨著詭異的沙沙聲響，多條粗長黑影就像某種蟄伏許久的怪物，如今終於找到了爬出巢穴的機會。

「快點、快點，再快一點！」

風颳過柯維安的臉頰，兩旁街景就像在快速倒退。

即使黑令總算願意把車速提升至五十，柯維安還是恨不得自己能長出一雙翅膀。

不，要是有任意門更好，讓他能一步回到一刻家！

時間拖得越晚，柯維安越怕自己小命不保。

雖然不曉得一刻家裡現在情況如何，但從對方驟然掛斷電話來看，擺明出問題了。

啊啊，拜託千萬不要是太大的問題，也拜託那個寶寶盆栽不要長得跟大樹一樣……不然小白一定會宰了我啊！

柯維安內心拚命祈求，可隨著黑令騎車到一刻家所在的那條巷子口，他的那絲僥倖瞬間宣告破滅。

「我靠！那什麼鬼！」遠遠看到前方的怪異景象，柯維安當場爆出高分貝吶喊。

不能怪柯維安那麼激動，實在是呈現在眼前的光景太過驚人。

遠遠看去，一排相似的建築物中，唯獨一棟像被包裹了一層暗粉色膠狀物。彷彿一個巨大怪物，要把底下的那間屋子吞吃入腹。

柯維安敢用黑令的頭髮發誓，那要不是一刻的家，他就把……對方名字倒過來寫！

而更奇怪的是，明明路上尚有人車，他們卻好似沒瞧見異樣。

柯維安當下反應過來，是一刻架起神使結界，才能讓普通人對怪異之景視而不見。

但話說回來……

「噫呃呃呃……」柯維安痛苦呻吟，「這也太大大大了吧！」

完蛋了，他百分之兩百要被他家甜心宰了！

黑令自是不知道柯維安的心理活動。就算知道了，也會基於友情，貼心地跟他說別怕，被宰了會記得幫他埋的。

即便看見那棟雙層建築物幾乎被膠狀物香沒，黑令依然面不改色，淺灰的眼瞳只淡淡地瞥過一眼，接著平靜地把車停在屋前。

「太靠杯了……」柯維安仰著頭，如此近距離看，一刻家就像趴著個大型史萊姆。

柯維安不敢繼續在外頭耽擱，他摘下安全帽，催促著黑令動作快點，自己則一馬當先地直衝大門。

幸運的是，那裡尚未被膠狀物完全籠罩，可以讓人直接進入。

柯維安連忙拿出大門鑰匙，可還沒插進鑰匙孔，一大片靜靜垂掛在屋子外圍的膠狀物倏地出現異狀。

「啵啵啵」的聲音接二連三傳來，原本光潔的膠質表面也鑽出了凸起。

凸狀物轉瞬拔成爲長條觸手，挾帶著凶猛氣勢朝柯維安所在位置而來，彷彿要將闖入領域的外來者強行驅逐。

柯維安瞳孔急縮，反射性伸手往腰側一探，但摸了一個空。他後知後覺地反應過來，自己根本沒帶包包出門。

畢竟誰會想到去買個雞排還可能用得上筆電。

說時遲、那時快，凜冽的銀紫色光輝一閃，從旁橫出的旋刃斬下伸來的觸手，直接轉移它們的注意力。

「外面拜託你了，黑令！」柯維安把握時間，飛快打開大門，一個箭步衝入屋內。

「小白！小芍音！」柯維安急促喊著屋內兩人的名字，一路跑到客廳，然後被樓梯前的景象衝擊得倒吸一口氣。

該是通往二樓的樓梯口，如今赫然被一片暗粉色薄膜包覆住，堵絕了向上的去路。

客廳裡空無一人，桌上還擺著兩瓶蜂蜜栗子牛奶，柯維安的包包就扔在沙發上。

柯維安朝沙發撲去，抽出筆電，手指毫不猶豫地直探螢幕。

漣漪般的波紋在筆電螢幕上晃漾開來，旋即一柄巨大毛筆被柯維安俐落抽出，艷麗的金色墨彩附著在筆尖上，閃爍著耀眼光采。

柯維安當機立斷，筆尖摁至地板，朝著樓梯口方向揮灑出凌亂金字，最後再補上強而有力的一畫。

「一筆蓮華——華光綻！」柯維安收住筆鋒，熟悉的金熾光芒瞬間拔地衝起，勢如破竹地劈開了擋路的薄膜。

柯維安三步併作兩步往上跑，離二樓剩三、四級階梯時，兩道背影映入他眼裡，讓他不禁吃驚地張大眼。

「小白、小芍音，你們……」柯維安的聲音隨著看見更完整的畫面倏地哽在喉頭，他的嘴巴張成O字形，呆若木雞地望著眼前這一切。

一刻和符芍音前方有數張符紙懸於空中，符紙周邊遊走著雷電般的白光，光線相連在一起，形成一道防護網。

讓更前方的繃帶小熊難以接近一步。

柯維安忍不住揉揉眼，確定自己沒眼花看錯。

對，眞的有隻嬌小的繃帶小熊站在那。不到一般人的膝蓋高，有著粉色絨毛，身上纏著眾多繃帶，還有一雙水汪汪的大眼睛。

繃帶小熊的手裡舉著紅色與白色的小裙子，毛茸茸的熊臉上是祈求的表情——如果忽略它身後還拖著數條粗長碩大的觸手，眞的非常可愛。

同樣也粉嫩嫩的大觸手在空中揚起飛舞，在昏暗的走廊間投下恐怖的陰影，畫面看起來有種恐怖片的氣氛。

「爲什麼是繃帶小熊？」柯維安大感震驚，「不是章魚寶寶嗎？」

「哥哥。」符芍音側過臉，手裡還攥著一張以備不時之需的符紙，「是章魚，又變小熊。」

「這樣聽起來好像是我變章魚又變熊……」柯維安乾巴巴地說，「所以現在的情況到底是……」

「我他媽的才想問你現在是什麼情況！」一刻惡狠狠地瞪了柯維安一眼，「你送的東西突然就把我家都包裹住了，還變成了一個有觸手的繃帶小熊！」

「是外星人送的！這個鍋不能推給我啊，小白！」柯維安忙不迭爲自己喊冤，「我們只要想辦法把花盆倒扣，就能結束一切了！」

「花盆在我房間。」一刻眉頭像要打結，「想闖過去，那些觸手就會阻止。砍了又會再生，沒完沒了。」

「居然還能再生？」柯維安沒想到如此棘手，「那……如果直接攻擊繃帶小熊呢？小白你們試過了嗎？」

一刻抿著嘴，不說話。

「沒試。」符芍音幫忙回答了，「被阻止。」

「誰阻止？觸手嗎？」柯維安不解地問。

符芍音舉起手，指向身邊的一刻。

柯維安的嘴又一次張成O字形，「小白，你……」

「老子怎樣！」一刻暴躁地回話。

「你難道不忍心下手嗎？繃帶小熊不會長觸手的，你清醒一點！」柯維安忍不住想抓著一刻搖晃一番，讓他看清現實。

「誰說不會，上禮拜推出的繃帶小熊限定款就有長觸手！」一刻鏗鏘有力地大喊。

「所以你就是被魅惑了嘛！」柯維安不留情地拆穿。

「囉嗦！」一刻惱羞成怒，「它就是那麼可愛，老子有什麼辦法！」

「穿……穿白色？穿紅色？喜歡白裙子還是紅裙子？」似乎知道一刻壓根無法狠下心動手，繃帶小熊又往前一步，在防護網前仰著頭，一雙大眼睛裡噙著兩泡淚水，表情看起來更可憐巴巴了，「穿一下嘛，拜託？」

與它令人憐愛的姿態相反，它身後搖曳不停的大型觸手影子投映在地板、牆壁、天花板，宛如群魔亂舞。

誰也沒留意到，有幾抹影子無聲無息地鑽入地板，消失在一刻他們視線範圍外。

「不然你閉上眼睛，剩下的交給我和小芍音吧。」柯維安提出折衷辦法，「我們很快就能把那隻熊劈成兩半。」

「不行！」一刻臉色大變，看柯維安的眼神就像在看十惡不赦的罪人，「它那麼可愛，你該死的怎麼忍心！」

柯維安很想說他就是可以忍心，那只是繃帶小熊又不是他熱愛的小天使，但怕說出來一刻大概就要站在他的對立面了。

柯維安提出另一個建議，「不然小白你就穿吧，穿個裙子也不會掉一塊肉。」

「穿你媽！」一刻鐵青著臉，打從心裡抗拒這個辦法。

眼看場面陷入僵持，符芍音像小大人般嘆口氣，握緊刀柄，打算冷不防敲暈一刻。

只要一刻暈了，接下來繃帶小熊發生什麼事，他也阻止不了。

符芍音打定主意，正要採取行動，他們所在的防護網內部卻異變陡生。

黑影從地板下鑽出，頃刻間化爲實體，迅雷不及掩耳地纏捲上三人，將他們雙臂緊緊捆住，連帶地也讓符芍音失去對防護網的掌控力。

懸空的多張符紙白光一消，頓時輕飄飄墜地。

沒料到觸手會從地板下發動突襲的三人被捲至空中，一下拉到繃帶小熊面前。

「幹幹幹！」一刻奮力掙扎，但雙手無法施力下，白針難以揮動。

「小白你就穿吧，穿完大家都解脫了！」柯維安乾脆放棄抵抗，反正要穿裙子的不是他，然而繃帶小熊的下一句話讓他身子猛地彈震。

「大家都來穿裙子，穿之前先扒褲子！」綳帶小熊興高采烈地宣布，「幫男生扒褲子！」

更多細長觸手從綳帶小熊背後湧出，它們的末端猶如多根細長手指，摸上一刻等人的小腿。

「小白快想辦法！我不想被觸手脫褲啊！」柯維安鬼哭神號。

饒是一刻再如何熱愛綳帶小熊，也絕不會允許對方脫了自己褲子。

左手無名指橘紋隨著洶湧的情緒向外延伸，一下覆蓋至手背上。

代表神明力量的圖紋在發光。

就在一刻即將掙脫束縛之際，綳帶小熊的粉紅色身軀霍地像受熱奶油一融，眨眼間連著觸手化成一灘粉色液體。

再一個眨眼，竟是以驚人的速度向後倒退，飛也似地退回至一刻房內。

二樓走廊恢復原樣，包括窗外也不見暗粉色的薄膜，照射進來的日光溫暖又明亮。

沒了觸手的箝制，一刻等人自空中落地，矯健的身手讓他們穩穩地站立在地面上。

「怎麼……怎麼回事？」柯維安被這峰迴路轉的發展弄得懵住。

一刻沒理會柯維安的疑問，大步衝向自己房間。

房內窗戶大開，原本放置桌上的盆栽被倒扣過來，桌前則佇立著一道頎長身影。

穿著漆黑連帽外套的灰髮青年側過頭，顏色偏淡的眼珠對上錯愕的一刻，再轉向從一刻身後擠出來的柯維安。

「黑令！」柯維安馬上就猜出是黑令拯救他們於水火中，他重重喘了一口大氣，慶幸自己沒被觸手扒下褲子，「你怎麼知道盆栽在這裡？」

「不知道。」黑令沒什麼精神地說，「看到有窗，就爬進來了。」

「外面的那層膜……那些觸手沒阻撓你嗎？」

「削了它們幾片，就自動退開了。」

「我看你削的不只是幾片吧……」柯維安可沒忘記這傢伙在厄夢之書裡可是想把藍色觸手削成三百六十五片的狠人。

但不得不說一切多虧黑令，柯維安決定晚點上網下單，買個五包葵花子送給對方作爲獎賞。

「哥哥。」符芍音細聲細氣地問出重點，「盆栽怎麼辦？」

「呃……」柯維安發現眾人的目光都落到自己身上，其中一刻看他的眼神最爲凶狠，似乎表示他敢把盆栽留在這，就會把他揍得連他妹妹都認不出。

柯維安才不想要這種下場，他絞盡腦汁思考，思緒高速運轉。

甜甜丸它們已經離開，盆栽沒辦法還回去，但柯維安也不想把東西留在自己身邊。

苦思之下，還眞的讓柯維安想到一個再適合不過的人選。

「我會把盆栽帶走的！」柯維安立刻拍胸脯保證，「保證妥善處理它，小白你放一百個心吧！」

一刻哼了一聲，勉爲其難地相信了。

由於一刻具備著過分充沛的少女心——縱使本人強烈拒絕承認這個事實——只要在他家多待一秒，都可能再引發寶寶盆栽變身觸手的危機，柯維安只好打消攜妹帶友在他這賴個一二三天的企圖，帶著盆栽返回繁星市。

連假結束，一刻回到繁星市，眞的沒再看見那個危險度爆錶的盆栽了，他不由得有幾分好奇。

「那盆栽你最後放到哪去了？」

「那個啊，我送人了，送給惠窈。」

「惠……」罕見的姓氏觸動一刻的記憶，「惠先生的女兒？」

「欸……對。然後那個盆栽就自己先水土不服枯死了，這樣也就不用再擔心它作怪了。」柯維安笑嘻嘻地說。

柯維安沒告訴一刻的是——

眞實性別其實是男的惠窈相當熱愛美食，對吃執著到令人髮指的程度。

得知寶寶盆栽用火烤會很好吃，惠窈每天都認眞地盯著盆栽不放，恨不得它趕緊長大，就算長出無數觸手也沒關係，這樣他就能獲得更多美食了。

在滿懷露骨食欲的目光壓迫下，寶寶盆栽撐不到三天，就因壓力過大自己枯死了。

〈一刻的大禮包！〉完

後記

一年一度的「神使劇場」又來了～

這次維安終於沒有哭暈在旁邊。

其實一開始是想讓他哭的 :D（喂

在寫《星的許願書》時，就想好要由維安、小芍音和黑令當主要角色。

當時也在想，封面會由誰上呢？

感覺應該會是小芍音和黑令登封面，然後維安在封底咬手帕。

但是夜風大提出完美解法——三個人一起來就好了嘛！

於是就變成大家現在看到的完美三人行了XDDDD

眞的是夢幻組合耶這三位，太好看了！

當然也沒忘記大家敲碗的小白，在簽書會上曾答應過會繼續讓小白一樣爲各種雞飛狗跳之事頭痛。

本文後的短篇達成承諾，小白不只是頭痛，還很想抓狂www

這一次的故事嘗試了拍電影、外星人跟美術館逃亡戰。

總之又是一次放飛自我了。

美術館的觸手展雖然是捏造的，不過幽魂展……不知道大家還有沒有印象？

去年台南美術館就有個很紅的亞洲幽魂展。

這回的故事場景就參考了當時去玩的經驗，展區的殭屍眞的非常有魄力。

不過我很孬地不敢拍照XDDD，只敢用眼睛單純欣賞。

電影場景雖然寫得不算多，但是成功達到讓黑令跑去當臨演的願望了。

就是很想寫黑令把人氣得半死，別人卻又啞口無言的模樣。

當然還有他非常帥氣地～把觸手削成片狀的樣子。

如果要頒個故事ＭＶＰ，那麼絕對非黑令莫屬。

另外，故事中也有埋個小彩蛋。

不賣關子了，就是我們的雁子小姐～～～

若想知道這位熱愛拖稿跟開天窗的雁子小姐的更多故事，指路《春秋異聞》系列喔。

至於那位據說很可愛很可愛，可愛程度與小芍音不相上下的小姪女，同樣也指路《春秋異聞》系列，還有《幽聲夜語》系列。

感謝有「神劇」，讓我可以把不同世界串聯一起，希望你們會喜歡這次的故事喔。

我們下一次見了～

醉琉璃

神使劇場熱鬧感想區QR Code
歡迎大家上來分享心得唷！

Main Cast

Thanks for reading♥

國家圖書館出版品預行編目資料

神使劇場：星的許願書／醉琉璃 著.
——初版. ——台北市：魔豆文化出版：蓋亞文化發行，2023.04
面； 公分.（Fresh；FS206）
ISBN 978-626-96918-2-1（平裝）
863.57 112003694

作　　者　醉琉璃
插　　畫　夜風
封面設計　莊謹銘
總 編 輯　黃致雲
發 行 人　陳常智
出 版 社　魔豆文化有限公司
發　　行　蓋亞文化有限公司
地址：台北市103承德路二段75巷35號1樓
電話：02-2558-5438　傳真：02-2558-5439
電子信箱：gaea@gaeabooks.com.tw
投稿信箱：editor@gaeabooks.com.tw
郵撥帳號 19769541　戶名：蓋亞文化有限公司
法律顧問　宇達經貿法律事務所
總 經 銷　聯合發行股份有限公司
地址：新北市新店區寶橋路二三五巷六弄六號二樓
電話：02-2917-8022　傳真：02-2915-6275
港澳地區　一代匯集
地址：九龍旺角塘尾道64號龍駒企業大廈10樓B&D室
電話：+852-2783-8102　傳真：+852-2396-0050
初版一刷　2023年 4月
定　　價　新台幣 260 元
Published and printed in Taiwan

ISBN 978-626-96918-2-1

魔豆

魔豆